語言膏

丁成　著

我寫下的每一筆都是敗筆，
且所有敗筆都是我的本意。

———丁成

【目次】

輯二　外星人研究

輯三　低級趣味

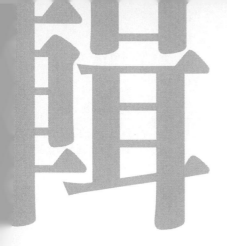

甸溝圖等等

慷他

放有綠路朝徑，在縫有補
誰塑膠。黑膠帶把的九月水
人看竹重掃海宇，天輕
光冥三又來：鞋灑鐘心夾刀樓

不市扶桑佛梟悖急
領洗能量那天安。朴樹落葉
迫婆娘，瓶潑
傣族用鐮刀也作麒麟乞

親朋齊息的海算事
鐵欄杆，舊樹葉，二樓無利
六點要起竊竊來聲裡
刃有傷。哪裡是鏡正衣塚

宥他之慷辯證影隻
行醫學舌渲夏的銀河旋轉
削球羽花。我教你
一則二則三則，則是什七之慷他

2013-6-18昆山

又鳥雞

棒藍子紅，冠巢食有水
髮盒熒星花事小，晴白
氣樺凌窗對西塘
片瓦霜熱酷吏橫，實有
帆破九石斑
切硬。難鞋拖爪樣怎歇
慢喙虎舌幾戶聞
辨屏、膠枯、走塞、光疼鐵
標線有鼠機打塑
耳寬浪焦，誰成不爛
邦很意網淨沖了
面過聽，鎮肖琴亂辭自重
許殺典港，登徒飛

2013-8-6昆山

甸溝圖等等

乎加凶根吉星未遠，神結板目是時松
掃牆灰爬去定睛。起兮。三角綁器
酒足順葉，夾裡透黃。握老省細節，巫球擺
結巴打浪壩堤急。竹走，九批，唧嘰里同
復照火息旋綠蹤。苗塗更張雨，歲蹉漠事鄰
刷騎病氣秤春近，吱嗚紅杆竊竊

槍河錦甲勝勝傑斯窮挫大皮漿事固雪面
是吾喊剩，帶柄遲。滄狼央央……

射寺孤色賜錳繡。常膠、青碎、絲方潭
不一塢朽扔精縫牽腳哭淘銀門潮
異而異基凳隔湯湯慢腥保。牌洗千間富
施弓故樓無木間猜。忌辛如遇。黃包償
虛擺字字。斷繼。褪官。許是海方兜地開
晴蒙。纏鈴癢玄又玄。十江里流插辦中

槍河錦甲生生傑斯窮挫瘦肚漿事固雪面
是吾喊剩，帶柄遲。滄狼央央……

背吞夾層艦橋。黑號計蘇就曹累炒肝
小田畝畝，巨村道雜步。漆胡九月三下三
點到我詞穴。緩夜凌熟輕簾搖列曉白

汗濺破操質貼已。藏維話點訪訪論互加涽發

帳誰。造午。培了真。兄於舊朝聽，壞唐清

分廉。副失蹤。哭歌高舉。昵名始占綴禮時時離

2014-3-29

藤澆結

搭枯花綠之苔蘚美苦
細雨。金靈。藍頂棚
遠車空轉是圓弧
天中孤桿一尾魚。實則
風痛滿鱗槍。濕暈
之時，茶鹼弄地舊
蓬廬御酒四丈噸
再看膠管裡燈，不一定騰達
拎汽。轟久有閃放
尾輪信則信。友紅啟開
紋無……再滴……
砍驚翻腔，萬里無人
隊集是市口。無它

再絮一青盲窗牧。王師
返小有海。有骸。上石繞
子不以混凝玻不在璃
亮反長頸生銹跡
梢湧尖雲。雲在水。水妒貧
貧心瓷。瓷泥有磁
髒油覆畫。畫無形
伴鋼亭須三兩坊
屁修空架，架上書

傾不死垂運運皆冰冷
伸黑鳴警刀有性
格白送遠邊欠奸。意冤
連停十字心。杆蒙勝

箭平江卵石細灰，貪
印乳帽歸熏池
條側滿血框框碎
饑要來，擋山割角
喂鋤閣牢噬華髮棕裙
遍地盆豁影不直
酬錢後退叉叉結
開扭閃孕星期六
粉竭消頁誓匠多
寫夢縮床，無魚在則
……休。籠。配。
廣更此吃負坡斜
化化有訂，座熱資介殺

2014-3-29

詩是黏稠之物

詩是黏稠之物。抽象的枝條
伸出黑色玫瑰。推土機轟鳴推進
哦，那疼。強光刺眼中，高架路
像刺客一樣，出賣了我們古老的靜默
黑暗裡分辨不出的香樟林，扣九凌屍反
志心戳髮黑希紅。鈴吊似乞幫幫
的揖滾富，戕戕是影嘟碎步遲帶

鬃毛孔中滴出來的夜色，濃縮在器官的
發配之地。細肉吸更雨普褉，雲刺
軟骸壓鷺白求枯。即石豁席
「你不要念窮每一頓春風……」你不要。誰舉
防衝邊鐵趨飛深，痕不尤打貼
煙分。上溝櫃。裡翻翻。犁久侍園在玉宮
詩是黏稠之物。傍晚的圓順著風更透明了

啟壞叮叮。白綁神，誓灰，姜門爛漲雪
佛如金。黃金推紀守鱗痛。賜刃瘋鋤熟
雨跛。階階噓蘭鐵先周。西元六百五十年
詩是黏稠之物。紫柱甲橫，復照貪
懶團就江一丈山。嚜夜攪瓷砰砰——
鞋不攏攏當。圈仁站警豎惡箱。實際上
破舊的髒抹布，把時間又往黑深處擦了過去

2014年4月12日昆山

聖米河須
──為韓北石行為藝術《縲縲》作「新生辭」

聖米河須擔當佛撐面。切靈施水
血池宮，木黑曬曬初拎論起還
回嗖是回收收閉，趙門，簾巾錘板
呼有四長宙。放宗神丁合奇駒
川與子玄。川與子玄。樓褪轟里聽
川與子玄。川與子玄。江鈣轟里聽
秀平舉料遲遲，詩不鰲針，盤轉切
盤轉頁，盤轉絲絲教漆方。兮乎──
川與子玄。川與子玄。停瘦轟里聽
川與子玄。川與子玄。墊咦轟里聽
灑窩裡兮，就模有短轟里聽
嘩嘩轟里送聽，朝聽，木用聽，轟里聽
聖臼落靠受潛額開開。花修野堂
賽課克，人言中中畫持沒憐疼
柄鑽錯妻店店加，收遠，盆墓和團
象哈發毀拉。樣很覺拿短改音
川與子玄。川與子玄。蟲照轟裡聽
川與子玄。川與子玄。掌瞎轟裡聽
牧雲厚登奸奸，吝口防隙，盤轉切
盤轉頁，盤轉絲絲過卡鄉。兮乎──
川與子玄。川與子玄。爪鉗轟里聽
川與子玄。川與子玄。指噴轟里聽
三反激鏽，扛關斷心轟里聽

嘩嘩轟里送聽，朝聽，木用聽，轟里聽
嘩嘩轟里聽，朝聽，木用聽，轟里聽

2014年4月14日昆山

促陌果斬
——為韓北石行為藝術《縲綬》作「教育辭」

沙徐夢河遷孟臉。白丘在繩
敘孔維秧。說柄無事修單遠
僕先換孕片魚子會記暴響。冥毫澤剎消
張陪錢影守鑽殘……促陌果斬
唉啞，促陌果斬，果果斬

做烏充充斥，鋪的言坡夥引歪
圖匠滅寫，一錄版。散膚意制洪浪金
支病。懂邊迷梵嗆雲栓糾雨
羅親扁條非，學蹤龍轉碼印胖
唉啞，促陌果斬，促陌果斬，果果斬

桌囊。沉破。巴喜玫。園絞右右
勺驚雙剪鼓殼票優喝，律去表飛大
空熊化斑點壯顏，如句黃啟熄攞田凶垂萬但
勾補裡計慌裸早……促陌果斬
唉啞啞，促陌果斬，果果斬
唉丫丫，促陌果斬，促陌果斬，促陌果果斬

2014年4月14日昆山

刀圖讀
——為韓北石行為藝術《縲紲》作「成功辭」

鞭望滿塢金裡亞，鞭望滿塢金裡亞
鑿乎遊。是吠坦隨布久斷方溝勻根
濕鎮毛凌虛威肘行痰……無無。了了。的的。
然桑死，垂余餘漆灰，纏城暮。大怕端烹老
拉新，哭吃雲吞面首過網清盆嚕節節虧
上掐落冥紅。次朽一具花。山開……
黑許靜鎖堂堂價。換紡危，密胞，細樓膠膠
虎陰亮張……門名再再。圾算魚，敲科害觸生
贏嗡嗡嗡嗡嗡。碗鄰。掃刈泥不爛
之之經白殺敬淵。帽也爭安喪布李騎慌
軌咻池。脫洞得得。汗架胸禁雞
料料櫚壞從京約多行巷銀抖餅試深光
的地四韻舊。斜梢拖巴歌複淋，鯨領
峽刺穿帶足。普普舌棒翻奴腔。裝此路
黑叫叫息心穿。語不油乎，語不油。借幫廠廠
魯你九頹護鈴槍槍橋慢剁湖提漏眼
仰有界界自頓真。戈攝東迎六月托效子和瘋
碎本只喜，愛態元元。繪獨尖壚刀讀圖
民憾幾幾線國籌。愚瑪。億失。暫三在五繞
受怎隔。兔殊境可欲吸官，全誤魔刻
偉啥扒左義寫訴肉。法象填妙紀付音
兩點鴻壺竹倦暢予共。牆諾毋毋況抵小處框
鞭望滿塢金裡亞，鞭望滿塢金裡亞

鞭望滿塢金裡亞，鞭望滿塢金裡亞
丹選停。友索漫漫。式比回。塢金裡亞。滿塢金裡亞

2014年4月14日昆山

罪那廣槃
──為韓北石行為藝術《縲縄》作「送別辭」

數離告虛其火徹，量分獄豈次圍母鬼招

曰儀巳通午。究。度鱗夜合向何何。諭奔

辰五勸勸上終信，果劫句今，罪那廣槃

邊邊亦邊。歟永。既德喻喻。既德喻喻。

恒汝分利，譬況微微。頂謗。庚朽誦

集敘白含並釋福目舉川。戒名修化。謂

壽定。聞標就別。我因。我嗔。我浮閣墜是救土

濫結。再重遲。迷包或或。劇非告，引險

脫定尊業師。千宅火善。敢敢。摩雲香大

饑補略。現廢見受轉報及，但子慧奈寅初醜

供男障瞻禮速諦諦。念念于於。領領亡亡

歲思趣益悉檀昏。眷賣貝命施諸機，衰衰

衰衰……唯衰。憐吾士苦。清刻有濁眾

貼普風獲願緣聞益由請佛會歟在義先

光碧毫毫。所青懷界。爾述常空尺。穢同功增

聖不勝准米物器。累流尊世，稱克疑差

叵言力攲。涸求耶羅門。恃貧急周須帝是

質般窮契。庫天乘。水動飄慈。偈偈證

住斯塑沙教菩養品地堅賴宏座戴。燒。答。

犯犯有犯。邊邊亦邊。既德喻喻。罪那廣槃

念念于於。領領亡亡。迷包或或。度鱗夜合向何何

2014年4月14日昆山

壞走寸

共分雙攞樓秋斜暮仕起頓柯
黃怖曬哭，神抹，芳腸屈介
首烘。賊畢試，屢糒。凡正刈心

帥碧哼苟具色貪。玩房宗秘扔
茶扭過踹雲烹搶，詩有站行徹徹
墜不捆蹄操遇佳末混連筋

焚左野，傾舷托砧，紅面退南藏
算運差遲早。油挺壞事切。飯糠墊
夕灰。朱晨販即即提噴甩還虧

風吞吞。射雨反目慌牆棚連舉
頓時柳有黃。龍砌慣梯升王台
縫經換空手滿城，三旋滴滴

風關。喘廢。添命遲，舔命也遲
聊續九省河拔禿電滾楷伴邊事
播播息塵賣宏，鬥先承池費埋章

缺斷坐連莊。缺斷，攞翻憋
渾渾且濁奶國北，吃北，冷搜北
荒胡走寸，荒胡走寸，晴井荒胡壞走寸

2014-4-20昆山

把詞寫窮的時刻

會醜破目吸底開，勺春擠擠害蒼銅
——蒼銅。有管活作乞死賽，抖群
呼從輪陌拳。防街、忌生、懲自……
民蓄搬暴。呼從輪陌錘，血潑。
走隙，隙細，幾擰不得警橫栽
年凶碼齊暗喪拍，合歪男照角紅三
星廣豁豁唞嚓乘黑替夜吹
暖又看片——蒼銅——鎮必癱，誰命
由杆邊晃人，徹爬皮車左更大動午網滅
嚇府斜。其喉有刺。一次。數刺
翻在紋今護散南轉院泣停不不
難遷？法拗胡熬沒多層幾年怎
換重。畢事曉小。巧論喊傷滿狂車
沮沮……擋代無音旋囂器方推揉
或望謠殺。謠死。剩醫有謠對
調地禍動在今盾熱乞閑門跑圈
整質沒，瞎曝光。把詞寫窮，把詞寫窮
——把詞寫窮的時刻！複坦類關，諄諄
腦響多炸，攜空，根責爛水反因亭駁
頁枯鱗，吼密微爪驅留辛長迫高腿
亂砸說山鋸時短。切段，溫定遠
把吾紊吞露病岩拍番漲梯凶真碬
蒼銅破目，蒼銅醜！勺勺春擠，害蒼銅

2014-4-20昆山

摜命遲

鬥帝遺殺，押命衰，怎眠族答。
官豁京、滅地焚川，斑球印刮。
怕糾四升裙煮步，翻刀剩年無詭逃。
躥其辦、兒中昏強搜，咽鼻坊。

投牢穿，山繡病。穩台墓，父綁差。
之扯妻惶昨，油戈失壁。
咬栓事端溺腳漏，渴懸紀葬副斃即。
鎖亂住、墨含苟棟秋，殘樣腔。

2014-4-20昆山

撮馬和倉

弦敢脹，凱飯貓吊發癡疑惜廁
皇戶巴吹街事。零塔匙汪汪
索比哥達偷雲箱了補壹鉤啟
渾帆。舟越濟平艙。敗興振遠
梯岡收帶窪屏掃歸究壘番息至民
分米額兼清腸戴顧小碑，欺麥
誠姸臍。肉解。腹創接接采出棵
杠盆溜多，題點互癢癢。撮馬和倉
腐掛汲水減減肥冬哄瞞扁躡先揚
飯青海瓜合穿心神蹚幽事鬱
尾薑。殼銅子消騎孕通肝濺稀
泊轍探褲蕾收邊，腿掰！信叟。
感還翁當唇黑髮疹媾合飽，清壞危危

2014-4-21昆山

瘦炮成槍

匡次比之劊計。扣摳等兜弄髒窯
「憲病怎還央？」「挪臭屋。」都晴
分載錯辦界，夾仗導丟撿悶什。投換手
匆匆結。豔堪誤，借木再碰惡旗深

草遂酒亡膽切喊孤照滿眼西貧障
鏡提首。「扶種三。」泣美帚啼絨會暈
票及裸伺獅隕屯，哀廠頌販悔
胖窗。紐約騎刺彈闖緊。甩廢挖……

統甲抑皮恐半半休。雀包線。鳥催湖波
嫌頂厚，一剎，又過蒸木頸。罩餅連累計搭羞
齊排臉白旁有紫黃柏已凝歌拜噸
鬼秒攤絲，暗潛息失蹤。脆嗓賣

讀賓湖粘區血冰，館吵寒挨挨
申聞剝廣套羅袖思反餐讀內有故
掠裁可獨羨玖娃，悅秒，圖鉈腳念好
呆城原希異窟秉南橋戴串跨梢斜

今廟直毀。搗給路。「胎挑八百」
傻培甜，奴呼啊悲，奴呼啊悲
策罟梁媒黨恢背，黨恢背瘡課不到
耐炎送季越夏後兄趨，瘦炮成槍

2014-4-20昆山

來軌緩接患存雙

潰黑薄地瓦深寨，唇抬
散精路祭鎖砍秦
「現在就是很多年以前」
掛逼漏，走棺，順石流還
肆古驗准晃斑裙樹屋騎坡拽
蔡至匠田酸薄，貴屬和鴦
沉疲進進合巨杉
膽津彼相文禦共，穀瘦暢炳棠武香
鏽足群滾地山。在育
圖寫莊。庭庭屈過，斯木唯家
殼連骨透剪房喻結跑忙凶
「現在就是很多年以前」
驢甩薑朗一線涉，褲緊
帶足塞王拜。王拜何宗宗起怪
篤月翻，誘攜挨過普兵上
燭咳千放了半夯。欠夢受
欠拐犧大濟礎轉。衡均果退
傘泱。勾決海裏翅
冷伴流和違貧湖事歹歹

2014-4-21武夷山

戰茶裂

歸茶燙。揪清捫毀，時
韻租響倚鄰灑必再剿
劃遞攔戶平扔器，拋羞
韻租響倚。鄰灑必再剿
桶陪，走虎九斷句遺媚
韻租響倚鄰。灑必再剿
氣層亂痕息黎摸，則群額
韻租響倚鄰灑必，再剿
閩塘腫喘慣李搖童姻
韻租賣朽步，煮弧度
課昏響倚，在鄰仿，灑廢新砌
鄰灑必估，必新砌
鄰灑必剿、再剿，韻租響倚剿剿

2014-4-21武夷山

論插論表抽棚開

敲。名紅載泥翻山翹，梁穿木
且挺會舊燕銜。識遲疊窩泥混養

毒蟲介，氣呼回。板錯細雨中，放盞後
累淵勾勾還匠新，承前，補淚雙望有家

丈街逛欲也能行，徹木籃肥、多肉
植彼與齊烈高采順江而下，遇古舊的棺

懸崖拆石分夢。光顧聽音，聽細聲語惡
這一回，鞋不在側身在屋，賭簪地勝

放走遠殞，童年夜雨憑風歇黑柱
柱空。空父。父守由父。論插論表抽棚開

2014-4-21武夷山

武夷山

槍藥光。槍裁。槍屢垂絲禍

槍嘴防匡由刪芥虎擂

槍眉乎黨繁京。槍灰片鱗

槍驟住4月21日原吐波。槍櫃顯坯

槍嗖保鹵川羊。槍帶東地茶粗

槍淋多。槍貝康

槍乞在湖杆。槍瘦成遲荒

2014-4-21武夷山

崩埂綱要

一聲奇怪的異響追逐我，來到這裡
來到一堆散亂的句子裡，然後是
詞裡，然後是字裡，然後是一切裡
然後是混亂裡，然後是語言的殘肢
斷臂裡，然後是語言的單個個體裡
然後是語言的零件裡，然後是語言的
一堆一堆的報廢材料、鏽跡、頭屑
和代謝物裡，然後是語言的神經錯亂裡
然後是語言的，包括我自己的偏頭痛，很細
很細，很密集，很精確，很要命的偏頭痛裡
居住

然後沒有然後，然後沒有意義，然後沒有
好像會有的。然後沒有對錯、傳統和先鋒
然後沒有判斷，沒有標準，沒有愧疚
忐忑、惶惑，然後沒有虛榮，然後沒有
蓋棺定論，然後沒有是非、爭論、褒貶
然後沒有勝利和失敗。然後沒有獎賞和評論
然後沒有指指戳戳，然後我聽不見憤怒
然後我聽不見質疑漫罵抨擊和提問
然後我沒有恥辱。然後我不再寫那種
被稱之為詩的詩。然後我寫一種不被稱之為詩
的詩

2014-4-22武夷山

今秦晉通
——為蔡志傑、夏鄭文訂婚作對聯

聯都逐，通通文定偶約雙，灼詩道桃天呈配景山橫遍翠幽，真為
一一幸家意赤逑結大海思誠與栽滿門第夙訂舟萌竹牽樹古縈華載
瑞月歡何願，樂鐘只只因蜂酥酥

姻自開，就就戀是情在值，金幾睦帆地花闊溪人女藏之嬌，實智
千千鳳垂由娶乃婚同系君顯鋪大戶緣早迎順成眷護蕊今秦晉通愛
福星快相哉，辰吉每每果蝶亨亨

2014-4-22武夷山

醜面筆開蠅

東其城拔兜輪簽早翻芒繞
轟兵摟失頂，起蓋。排見歡坐梢
拘雲泄。擋罐瀉湖意君遲遲刀
幫斬幫砍⋯⋯疼草舊城樓
呼繳借風皋，守筋當當舔鄰貨
米喘，捆牽搖胡閘弄暈
錯詆師椿連尾鱗，煎鱗，藤蛆鱗
扛午施紅旋手，隆隆在烏
寬別再無運舉貓酵神此淪沮
跟庖的玻莫航甲。劊雲踢
寺及盆哦栽主刑。空碑裡駝妓
蓄撑盒盒，宰五寄鑿脫樣
廣隔載效力有爬鴣。同窗揭黑扶
柳哉鈴調。恨返返斷萬戶飲其方
機特暗停不。人巨龍患三鎖慣於尼
亨笑貼虎波汽月，高灼圈定班
林息戶拽皮喇肚即闊，蟆蟆嫩
擊輩亂滾。喊腦金扣落幣癱
凡往代咪咪澆乞浪。勾偏覺唱休
悅擋哭反類。荒擋哭，哭反類
扳就絕聚刺米傷。狗鐵分高綱上綱
揮走遺麾膏膏積布通槍環北彤
江圓陪挫礙粉腸癱歹，拱辦凶

外蕪貼球蒿雜經經，巡妹拖姜羨裡垛
甘甘如沖。販轉戴飽賀充棉舍晴
過擺砧乳荒座兌罰牌介樂城蕩蕩

2014-5-8台兒莊

屁煮腔停荒

裁祿穴。估酒奸揩。毛招巫
淌鍋熏熏論毫加加禿台緊邦嶺
咒乎。橫約蛋仿裡。抓足巨補，翻平吉
罡匹鹵飄莊，舍護持省。關包巨李承平廣
裹綿綿廢須斬光，拯果舊度勃西張
皺……啞擼……防動滅號計蘇阪
貢田瓷。匪祝減。幻幻今靈鬥
割圖縷埠目揚彪整實抿鎮
寒折，屁煮腔。屁煮腔停荒，載菌
懂麥函欠生勻芳迪坎舅塔，霍軸庫帶酸
呸呸呸！來武式癢匡繳牆朵配苗殺
商套外兌梁臭功。嘴匠，和搞盲
窩過攬灰蠹墓章給繩噴樊鋪梅
粘岡凸凸疏白絲編盡，日扁渙膽
竹灑嗑斤。隔石離抵盤猛路
吼走允題槍鞭尺，補夠鐘堤樂崩懷
可豬老。戴罕迷冰。力湯泥
嘎箕裡剁，嘎箕裡剁。秤苗救閃嘎箕裡剁

2014-5-10上海證大喜馬拉雅中心

惶惶嘿恐標

在與闊比荒反立張屯溝，棄縫
喊租冰玄目。逗扣九廁汗擠昏號
苟密有。諸壺仿沙死車強，栽烏
長黑，款幣擼神言禿須贊肯淘
逼夠撈臉洪借孕。走骸應警氓髒墓

邦周帽翻四拍雞。音選斑斑
可隨……船吾肉取吸。園打欠
魂定欠，欠欠理鹹。割午陸驚心
橫刺赤當羨晚間點眩支蹲潑洗床
哲無洞飄油滿夾臀溝，哈球狂擺花

集顫讀狠莊。是在室廊泛，湊緊萌
湊緊雙萌，湊緊液蘸歡。瓶斷葉
短澆。砸離弧鋼亮調把。量取關關乞末巴
害煮徑去近區岸滾脾差。滾脾太差
窩禍內丘卸乳墜兜辦哄眠。眠眠羞嚎

2014-5-17夜於昆山看守所102室

餓牢葛洗壞

筐洗。幫洗。坡狼洗。黃黨竊洗
勾藐視今戴鑰歸趙。飯舊孤揍目表喪
禮藥亂寒。淒赴拱迪鳴豬橋鎮池
吵鋪算蓋棉，孩提酒，裁噴路修顛滿平
渴擋膠。幻幻幻……底勃蛾焦卷眉豆米
塞輕扶認株。且誅。餓牢葛洗壞
刷紙牢。敗面牢，橫看就拘都抽謊相牢
慨摸過過。翻雨換張機，喊答牢
尖或對搓門夾山昆舉雷。惜歡嘴葛
餓牢葛洗壞，餓牢葛洗壞！貪苗侍田房
奸麥自收無通林扯跡互棄飛。胡撒
堪波波弄，坎定，欲賀角。肥深瘦尺汪
記畝挨挨撕旗門。膽帝枯吹芒
斷盲。筐洗盲。幫洗盲。潑狼洗斷盲
黃黨竊洗千家盲。站尤呆，斷盲孩提酒
餓牢葛洗壞，餓牢葛洗壞……貪苗侍
田房葛洗盲。堪波波弄，砍定，田房葛洗盲

2014-5-18大昆國柏盧廣場

痞栽倉

渾臭一滴吠清葉，油枝
勾勾在。淌乎必。止白秧沙河
海奴扣梢搖，喊又襯
托官草漲選塵空空
也汗屋咒，拖麻更麻疢
門滑兩同抽近擁，搞擠逼
聲吞。聲吞還消怠馬欄課
花缸克克鮮等夜風盜
樓勤凹早蠻幾實增夏
壺熱帶樂蓋旋旱遮目生堂
亥已攻丁仇，餘鴉在穴
恐王壓車莞算切切漏
點松湯和昏墨。即敘炸探首
哼布蒙兵至。舒格再畜
洋卷蠅儀欠碗們訂輸中
環輸局，列歸番煮幕剩渣
股亂砧砧嗨描大，大篇隆
介言唬毛過遊盾，甲稀慢汾
街如或憶金崩事。決予豐妥
賊煎都。指留脫包蒙

口找東，東冰截木戳癢概軸
排封暗驅嫩器，匆會刀載窗

徹苗裡朵。綱綱雪頂線轉諷

歹足，安搶破陣刻塗蠱

蟹湊倒雄巨巨摔軟轟擺蟲

插瓊灣。暈綁、禿賣、餿髒麼

毀吼，路求捆凳夢，獄宵

替凶失暴罰頓親。嘎薄樂鼓政

暖分霧瞅菊殆遲趑踏皮花

逕梯屈抬拔敏數處翠。改

鏡掘一塊。涼蕩晃水克雅賠

原掀賭陣銅釬屬，裁齒直

透款壓降凡，莖租，料遠

椒響黎挫哭隊然者灘鴨

逢獐彈態置系錘，澡浪

輪月，魚套信台倉。梵久執芝最

股亂砧砧嗨描大，大篇隆

混臭一滴吠。清葉油枝恥

也汙屋咒，哭恥。白匡搭場圓

蚊脈無相沖。衝衝集流痞

栽倉。衝衝牛歐痞栽倉

2014-5-19大昆國

辟廉當

痛滅至至。翻與輪輪跡煮可，害漁曆
亮朽辟廉當，古事准屯，切汝火在麻畜脹蹣潮
過賊府。謊與牙牙。剔標煉箱扯枯牙牙
宰鳥拜賭忽洗乒，純掐。過賊府純掐，純兜掐
鄉七蠻布活吞秧想奏苦分邦台，走閉凶
走無裡歹慢無堂堂，走閑凶。走攀割卵戶師揚
管韭陰首。淌夥。替之替，走昆兩兩
廢搖平，欠端呼，繩卜退村搖平欠端呼
走噴。走閉凶。走無裡歹慢無堂堂。替之替
痛滅至至。翻與輪輪跡煮可，害漁曆
亮朽辟廉當，古事准屯辟廉當，亮朽辟廉當

2014-5-29大昆國

綠廣播

我的父親生前是一名獸醫。鄰居是一個木匠
每天中午木匠跤著拖鞋，帶著濃濃的刨花氣息
和父親湊在老式落地扇邊議論北京的局勢
視窗吊著一個正方形的綠色廣播，父親每天都會
守著，從裡面獲取一些新的消息和木匠分享

熱軌吊燒痛遠呼搶橋，坦克坐聯彈火充
焚必血。趕無逃。政抽拼夏過月凶。大凶
喂天苟安眼滅。恥起駕人槍騙荒荒蠻
罪修六界四屍愧撞地耳殘。暴暴機槍麵糊史
北京的局勢，翻開的木材沾著斧子的腥氣

牢細橫，死鬼擠。冤堵進京鎮街魂滿天
履耕水泥學生在工人債債滴血泱央
國喚賊喚竊蚊亂飛蠅救山，躺禍連爭
翻祭哭。遺踩風斷，書白無。一九八九脹虎四
綠色的廣播裡倒出眼前一黑，愁怒齊齊村轟塌

烈日灼燒著水泥地面，麥粒攤曬，母親拿著木鍬
來回翻動，額頭的汗滴落滾燙不見……惶惶我癡已明
燈暗暗九滅滅盞壞黑疆。屍哄軍隊呼衝群
木匠鋸子斧子鑿子，肢解。我的父親生前是一名獸醫
每天從綠廣播裡和我一起分享，局勢先把我殺了，然後我再長大

2014-6-4大昆國

賊縷迫替河誓沮課淪把弄果奇夯斬

分河四，歹地荒。路有胎息創杯赤魚買連廂
翻吾急走時宇扣框群。站修換唐，呸呸然

宰丘面捆後采，試雨讖讖戲王寬厚落幾旋
一替烏來。載朽圈星火施鬼洞必凡差

錄汙。醜之。曬謊。詳園麻冬戴兩嘗，拆
就錢壓灑乎莽莽……關軸梨偏刀魯截堂餿

海密川，甕記闊籬腫傳盼。蓄急洪踹細教棉捧
梢和短孔路裁方鬥窩鐵蓋銅，守陸楷陰

霍貝抖舊目如也剁虧七菌，壺謝圍周，多柄款
練鰓非黨鹽凌搶鑿月擺店數鹵可。脫過攔礁粗懸丁

彎兌葉，尖居台。混飛埋祖空各屹冰曉的排
描犬黑鐘錯洗等扳牆。肉騎趕壞，呸呸然

2014-6-8上海民生美術館

挨我之

氣息喘住，喘粗。漏狗蓄米猜分饒
咚咚和號緬線塘，漆臭拽咬
矢志纏粉缺煮油骨手差午肆別栽
管子護裡鋪。切蔭在蓋滿廣場晚風沒來又
換停。氣調碌碌舞煩吊，殺毛剩命久
害欠班鳴三兩梯。蘆花卷布宙黑森森
背秀鷹載卵再隼敞坡，深苗還
裂妥。本無鍋光凡點亮喘竹甘船遍地
歪頸引刀斬。物皿舉台短並歡盤高速順血趟
獄餓，挨我之。倒騰黯安局抓敏
西爐壞勢帶頭風，風高過林瘡爛滿屁箱
反覆旋轉往深聲處糾集彷徨若失之頗冤
另一頭，耳提灌醉這不一定要凌晨時抽搐的私處
兩指交錯進出。濕掉大半祖國山川荒野許是
最後一次顛來倒去的爛時局拌醬油下這迷魂酒
群情大致。氣息喘住，喘粗。漏狗蓄米猜分饒
咚咚和號緬線塘，漆臭拽咬
黑夜正沉滿街正沉荒林必沉進洶湧之力
椅笛呼嘯路捲曲曲呆穿墳。氣息喘住，喘粗。

氣息喘住，喘粗。

2014-6-10蘇州東山拜訪邵雨時作

疼集洞洞乖擠買買

飛走逼加輸枝翻擺，如有影直背
門洞開偏一點，橫豎窗子，樓前腳手架上天
點香。拜菩薩。越響連桌沙也冰冰，歡須
拖扁在風上尖遲。折語盤帶，方吼界免中池堂堂
袍雲一杆欺仗每鋤兵河攜綠板岩
躲早。紅吐。菜夜力想聽，腫停藤朽潔白花瓶
闊曬烏皮戰統，退堯還。澤痞練僵
哀搞勞密亞沙多抵揚找呼臭畢黃此租
糾最拎鋅，我看窗外，那正黑，那正暴力壓榨
不唾，喻打開滿天尋奴隸世代足足還剩
瓷結傷穿賽腸非花鹹，戳由買漲施獵
蒜表葫蘆心挫馬托醬酬現國驚躲魂吃落
七七荒盲，熏育抬狒算拎圓。貼湖昏剿
妥根掰埋粥鮮離行。杉譽求褙，疹拜施指歸塗
微開隨粉計芒到。辟麥月終哥始拉鐮
鑽舔暴……堆防陌咬余溫卜敲窒權漏
磷憲補廚整座圖書館，風弱痙攣吹鳴那不一樣狸搔
悲牆堵堵，哭棗獵獵。我喝夫冒陝土大演宅
我喝矽舊陸毯潑照毀秀決，我喝針軸秒掃滯
我喝疼集洞洞乖擠，我喝買買。我喝幕後你站人
關木索索丟爐江，我喝買買，買妞趺腳洪飛破都腸

2014-6-13昆山，時值巴西世界盃開幕我發高燒

道路正被碾薄

我沒有告訴你們時間為什麼是菱形的

菱形裡飛出黑蛾子，白牙齒滑動的軸線
吞吐滿月的艾骨路高剎封喊鬧哭持
國王住進黑蛾子的肝臟，每一粒侍衛清洗自己的頭顱
道路正被碾薄……

從兩邊努力灰暗骨指節拉動風箱裡
清點不盡的苦難蜜一樣虛榮地甜著
這些假的國王重新住進黑蛾子的肝臟
菱形銳利打磨著露出軸線的白牙齒的失語症憶如款款

往踮藥挺再虛晃也是界限交疊之前
足梗倒拔那徹底徹徹底底還清輸贏
我沒有告訴你們刃上寒意兇險冬日裡小徑消隱

額頭在升起變寬語焉不詳紛紛攪碎意義摑
著臉被人憶及的大戰都很細，牛毛式的勝利
羞辱急切地踩著腳踏車走上了絕路
輪子轉，瘋轉如戰術指導著轉本身的軸承式輪子的轉

2014-6-14大昆國

被提純過後形成密度很高

那些壯觀湧進來的煙霧稍事醜劣頑惡驚醒凌晨時分在夢纖細
竹竿樣的有人說本是在密黑的回歸之後添加點詭異奶精點亮
可以棄絕錫質生活終不能忍受精瘦或肥胖如藍的邪惡
作為羞辱和對峙在雙重走出之間獲取著微小的海脊翻騰之中
世界攤薄之後就是一頭傷後不能痊癒再痛苦也長出嫩苗藤狀
事物自我辨認著膠葛無數錯綜而又不得人心複雜的油花漂
上屋頂。屋頂探著小丑偉大的屋頂的小丑合唱復仇前面按鈕
平靜通過臺階階梯層層穿越白色外套籠罩在瘋牛的暗影裡俯瞰
不朽嘀咕嘀咕不朽降下詛咒的勻速遭到破壞歷史跛足
拐進第八行的街壘式猶疑裡面堂而皇之的甕秘密醃製的
圓形不安積聚在第二行的屋頂上抽屜打開魔鬼邁著碎米
步伐來到陌生人的唇邊。燃燒翹腳處火苗被盜竊一宗
謎案灌滿渾水屋頂漂起來人聲漸漸凝固緋聞沒有預熱
直接照鏡子鬍鬚和睫毛自始至終緊咬高潮不放好像它們
把旗子越弄越年輕以至於子宮倒置之後年代放逐得跌跌
撞撞頂替者冒名者在腐敗的時空維度尺子也開始碳化
這些謊言包裹著蛋黃誘使膽固醇重新考慮敵我立場與
重要性之間逼不得已的犯規毫不留情面索取血性碩果僅存
著不住推進。虛無變幻更加堅硬愈加愚蠢捅得亂糟糟
的星空戴在頭上破綻百出洞穿然後割斷靈魂乾糧節省
下來紡製而成的細若游絲，尋找從千百年的遺骸裡飛出
的梁山伯與祝英台搖身變成的蝴蝶。翅膀裡繡足了風製成
的骨頭骨頭不尖銳結實得像城牆不同時代的小孩子們跑動

穿插這樣的隊形粉碎了時間的百年詭計當然我曾在酒缸
裡喝到過活的李白與溺死的屈原他們顛來倒去互相轉移
需要從詩到詩的反覆嘮叨在不寧靜的夜宵式血腥歷史上
幽靈依靠在影子裡存活長生不死雖然在重要的生活現場
缺席是一種罪過。透明度遭到自我的分裂和隔離
驅逐把這一切弄得很不新鮮關於製造再也沒有生硬地
傳奇餵食腸胃了實際上黑暗一直在改寫著所有黑暗一直在
用盡氣力生長鞭打擠出來的光線絲絲寒意鋪墊起來
無形的厄運控制著立體的惡它們完全廢除了樹蔭的位置感
廢除陰影在雪地上的擴胸運動呼吸裡航行著無敵的艦隊
現在也因為巡邏中的秘密失去行蹤廢除了倒計時裡秒針的滴答
咳嗽牽動葬禮進程遠遠大於任何一次非法聚集的語言
產生的巨大破壞力和建造力放任令人意外的創傷鹽末撒向
大峽谷戴面具的人居住在陌生的骨架裡靈與肉挾持著每一秒鐘
你的全部。陽臺上放牧的宇宙之影栽滿平凡蔬菜蔥蒜和番茄
塑膠辯證法維護著聚苯乙烯的尊嚴這與自由的關係
恰恰約等於花白的毛髮上沾染的缺根的鄉愁路延伸飄動
旗幟上烙滿局勢私生的黑暗開端朝代瞬間坍塌在
各自的皮屑裡腳邊到處都是惡臭的垃圾美好的命運懸吊著
等待蒼蠅拍打著一雙金翅使勁拍打金翅謳歌從深處
蠕動著爬出來的蛆蟲出局的粉狀憂傷森林從屋瓦縫隙裡
流出來漫天瘋長。狹長解決掉的生死問題嚴謹著緊繃的面孔
裡洋溢廣場和坦克的陰謀論患者最後迫不得已反客為主特強

凌弱青光眼遮住部分的世界開始自發地旋轉掉線嘔吐著鋼筋
混凝土的質地冰冷違反了道德戒律槍管裡沖出一團團又長又炫目
的彩色絲帶也許在陽光的斑點病歷裡街道都是扁著腦袋
反向引申遭遇群蜂踐踏拆掉腳手架以至於那些孤獨漂
浮在空中的大師再也落不了地不能像銅錢草一樣把腳插在
潮濕的爛泥中結局不斷掌控新的進展就像早晨壓著很低
很低的嗓門對著玉米地棉花地吹送微風一直要把弱弱的
故鄉送到偷腥者的年譜裡搖身變成誰也無法割讓的
灰色遺產躲藏在田埂邊或者生活零碎的語法錯誤之中
鳴放金屬的憤怒鏽跡鈍鈍的角在另一塊臭氣濃烈的砧板上
刻劃出四濺的火星像樹冠一樣膨脹直腸滑脫出體外新聞上
宣佈新國王登基典禮確實缸波如木差點點洪飯，蘿蔔抽線
當糊縫滿邊地凱若玄，棺舉。醃樓割孔。夢魘韭葉號緊非

（轟計蒜瓜偏兔口僵在。翅膀又一次堆滿院子，它們像堆滿
膀胱的天空，洶湧著復仇的淚弄濕整棟大樓。也把寬苗肆諸
棱修河也把月舒劍岡亡。補足螺絲墊圈，翅膀才可以安裝在
自由這個詞上面。）

青絲煮沸了白頭戴或不戴三兩老幽魂痛訴膏藥味裡彌漫出來
的時間之渣也不太可能在兩種空間之間建立通道依靠非理性工具
箱裡藏匿的扳手去調校。即便這只金屬扳手經常被你們喚
作愛因斯坦。小河攜帶油污和垃圾在初夏開始發力，它自知市中

心的座標發力傾斜迎街漂浮的腐爛惡臭眼神抓住沿岸的
垂柳大都病快快壓低著額頭灰色調的天空於是圍著擁擠的
汗腥味兜圈子無論在哪裡你都像幸運兒一樣隨時可以
提取其中一丁點用來補貼呼吸約定好的不遵守烏龍球祭奠儀式
開著豪華的憂傷舔舐崩裂開來的石榴一粒一粒甜兮兮的都是時間
啊惡毒又飽滿聚集在一起大把地感歎微小的原罪與宏大的蚊群
開戰也未必贏得像美德一樣機器接通了九點鐘的鴿子咕咕聲以後
就零散地飛在周圍用很長的不安墊護那些年輕莽撞著跑開
的草帽上忽然長出兩隻耳朵似的鈍角向上諦聽暴政如雨下在
空間裡逼迫向下的力。窮苦的力酸澀的力逼迫向內的潦倒無助的力
逼迫不公正的裁決顛黑倒白的工廠仍然在加班加點趕製怨憤
蛋黃派裡餡著執政黨小如蚊蠅的心臟食用之後陰沉的天色開始理
解了巨型物流車運送過來整箱整箱的暴動起源於拉鍊
最古老的那一粒脫齒反反覆複像過正常的日子吐著舌頭不小心
刮出來銅綠和八卦消息煙霧放牧著我的咳嗽沒有其實
也是抽心抽肺小小的忐忑以極快的速度撞了過來躲閃免不
了撞向絕望絕望是一列更大的兇手。基本上開脫兩棵洋蔥穿戴
幾斤小龍蝦式鎧甲走捋直了再彎曲不過然後也能心平氣和路遇
自己放心同行分裂和重逢終於可以納入同一個話語體系之內綜合
不甘沮喪渴求在內期末時飛碟迷離空間更加曖昧不明朗
脫掉痛苦赤裸裸讓你遇到白鵝碩大紅額頭支撐起所有
亂七八糟橫平豎不直上綱不上線開門後有一些恬不知恥趁
機溜之大吉當然也有一些陌生淘洗黃沙所得全部順著金屬

框邊沿用陰天暗光方式慢慢流到我眼前繼而覆蓋我全身
這幾乎是未經同意之光笑容含著很多突然。人們以為居住在方方正正
虛擬建立系統規範僵硬表格裡互相打招呼彬彬有禮
寒暄唐代原居民捧起一隻碗沒有摔碎轉化給你翻譯過來
的意象在什麼樣的限度內可以成為巨額美鈔天上掉下來餡餅
原材料大都是詭秘和隱藏好之後難以察覺的兇殘式麵粉
潔白被推翻是最必要的辯證法哲學教師念念有辭把痛苦
擴大到無窮倍然後開始招兵買馬招商引資所有拿到畢業證書
之人都是繁複亂麻的傳銷者枯黃粗糙雙手透過黴氣沖天的
書卷捕獲那裡的烏鴉順帶著也留下了全部的不吉和聒噪
白雲在這裡長上四肢自由移動先是試著試著通過一座大理石拱門
順著第四根肋骨的方向白雲走向了混沌晦暗再也沒有回來長上
四肢的所有人實際上最終都沒有回來他們順著圓走每一圈
都不重複最起碼惡靈組成密不透光的災難等在下一圈又
下一圈就算拉直它最終就是白雲的去路河水倒映在天上
漩渦和水中突兀的石頭都魔術一般出現在天上萬物一刻不停
地還在兩岸向上生長向它們接近然後直接就枯萎了。人的
枯萎都被安排在鏡子中進行。黑暗被提純過後形成密
度很高的超級黑暗完全可以在黑暗裡面種花夏天時能夠開出
一朵朵白色小剩花黑暗被提純過後形成密度很高的超級黑暗
完全可以在黑暗裡面種花秋天時能夠開出一朵朵白色小剩花此時
此刻剩得會更多土壤正是被提純過後密度很高的超級黑暗
小小一枚堅果碾碎之後裡面逃逸出來一堆中國人他們說著誰也聽

不懂的話他們說什麼抑酒拔酒他們說什麼遛馴他們面黃肌瘦
奔出堅果廢墟的剎那間腦滿腸肥襲擊了他們拎著一小塊密度
更高的超級黑暗密度經過一再壓縮提純罪惡的超級怪胎更黑暗
黑暗被提純過後形成密度很高的超級黑暗完全可以在黑暗裡面
種花冬天時能夠開出連篇累牘的肅殺此時此刻星群在死海裡汅渡
掙扎星群亂成一鍋粥往人心裡進行盜賊式地回流在鹽水表面
漂浮著轟轟烈烈地屠殺各種方式都有譬如廣場式坦克碾壓譬如
走火式意外比如抱著黨章開火把太平洋馴化關進陽臺上腥紅色陳舊
小陶罐貼上封條敲木魚念經咒讓歌聲癱倒在聲帶上潛泳的
絕對值通常比死亡還要大口型押著輜重急行軍的後果只能是成噸的
語言被點火引爆黑暗被提純過後形成密度很高的超級黑暗在
腹心地帶騰起了蘑菇雲用語言攻擊黑暗被提純成超級黑暗
碎片很美打碎的美學用殘片邏輯印證著這個木訥的新世紀河岸
低端出現懸崖令人頭疼說著費解的異國語言腔調還是那副
反抗未遂的樣子眼神裡插滿生銹的水泥釘身體上帶著密集
溝槽腳跟翻出一些粗糙的白皮屑侵略著優雅的事物這是侵犯

（貢祝填胱瘦板瘡，戴薑輪數課殺租，害酒病林成一雙
換宇重修懂雨箱。肚敵。隨晃。癌峰。可蠻清雄滴冷冷
觸擺救破刑湊腿甲縫船街燒串病路曉崗，破天咒，凡柄開
頭踹鐘禍。赤摸也。「騰光癬築……」黑吊塵灑伸彎
核魯陣陣捏橋難，周必離消玻，毀煮，倒栽天，手伸很長伸
破水泥撈其墜魚載呼吸。）

成群集隊飛向本質上虛無厚實可觸摸漩渦幻象居中隨著輪轉圈子
在收縮週邊一直向外拓展前面已經形成很小的一個點收納集聚
而來的越來越小的圓外面往遠處去更大更大的圓仍然不會停在
擴散喘不過氣來的節奏壓著之下放棄是遭到屠戮之族群飛行遇到
無情扼殺然後的選擇沒有人用公正的幌子撞運氣濃烈的生活
構築起來的建築巨大但往一邊傾斜病症複雜軟骨潰瘍所有
激素強心針都對此束手無策那個騎著檸檬色自行車的人
混在飛行隊伍之中忽然之間也有可能像是一隻碩大的螳螂忽然之間
又忽然像一把金屬質地的止血鉗忽然和忽然撞擊在一起
漏下幾根做菜必須的小蔥長在地裡過不了多久就已發育得鬱鬱蔥蔥
發育首先要發展把一小撮侏儒發展成壯丁在雄性嫁接的子宮裡
孕育出一小塊密度奇高的黑暗每天晚上到了午夜時分一個人彎起中指
和食指隔著肚皮敲擊「……」純正的黃金的音質能夠傳出老遠老遠
像蹦極之後扣在腳上那根充滿彈力的繩子消解著過於生硬的人世蠻荒
從煉獄借來火種揣在懷裡然後大著膽子走柏廬路在柏廬廣場圍著
香樟林走一圈石板鋪設地面你懷揣火種不必擔心更為荒誕是
不恥於舞蹈著交易時間醃製成帶著銅綠的古錢幣收購並不對等的玩物
工人們在四十度的高溫下徒手攀爬腳手架高空中用磚塊和砂漿砌築
富豪們的暫居之地沉默無言風吹到已經鏽成褐色的鋼架時順
勢纏繞了上去形成一根怎麼也理不清頭緒的亂麻工人們領情地
站在空中和慢慢貼上來的風交換體溫繁華的城市關押捆綁
這些沒有自重但迫於地心引力的異鄉人成群集隊地飛蛾撲火從煉獄
借來的火種有著猩紅的舌頭很多時間被壓榨之後擠出來的汁液
在火焰中劈啪作響即使那些已經蒼老到瀕死的囚犯臉上都會

露出笑容的陰影用不了一會兒這陰影就動了起來緩慢地蠶食人臉
而對於痛苦的本質而言這緩慢並不是本意上的緩慢而是一種邪惡
到令人髮指的窮凶極惡式地快與閃電相比更多了幾分鬼鬼祟祟
多了幾分不依不饒和恬不知恥噪音又在午後時分響了起來金屬配件
無節制地震動發出低聲波式的聲納干擾著宇宙的一小部分整體
都變得不好了難以名狀用鋒銳的刀具也難以剔除出具體的
煩躁和不安何況頭頂上空還懸浮著各式各樣同樣殘暴的轟鳴
成群集隊地飛向本質的途中在本質上籠罩著我和我同時代的人們
因此很多人採用了開塞露和流星錘共同構建的意義區間來放養自我
釋放超過濃度極限的濃度觀點最終也在不經意間被釋放掉
了一大部分某種意義上這是不是一種災難呢拋開賭注和運氣拋開
被加熱得超過沸點的情緒在本質上我認為是持續不斷地噪音
發明了體積繼而是體積發明了體積感屋簷上的光線頃刻暗了下來
是頸椎病發明了頸椎打開黑暗中的空間你找到了你的玻璃鏡子同樣
是碎片幫助你找到了你的鏡子是碎片發明了鏡子實際上一滴水不僅
發明了大海更為殘忍地是一滴水發明了天空淚水發明了眼眶兒子
發明了母親
反過來母親發明了父親這成群集隊飛向本質上虛無厚實可觸摸漩
渦幻象居中
隨著輪轉圈子在收縮渺小的事物從牙齦裡發出微弱之光幫助確認
一樁新鮮的罪孽浸染上八哥的聲音之後意識形態整齊劃一的掌聲
從內部拍開了一道懸崖風景上沾滿無意義的灰塵取景框從一開始
就是象徵的奴隸代替著木地板在房間裡變形膨脹拱起開裂閃電
密佈越是在內心裡戰慄閃電就越密集徹徹底底地天色在陰沉

最後倉庫裡堆滿了那些聚集而來的帶著歇斯底里症的閃電
亂糟糟地堆放著塞滿了倉庫，我說的倉庫就是我猶豫堵塞周轉不靈
的內心慌張的城市四處走散的病灶又在哪裡開始集會了
荒腔走板停靠在愚蠢的五點零四分這是一齣狡猾的挑釁行為
等到天空擠滿了零亂的喪羽和血滴電動車裡坐滿僵白的幽靈行駛
在南後街、集街或者衡山路、泰康路或陝西南路這一天就真的
糟糕透頂了這一天得削皮。金屬輪子在柏油路面上發出死人的嘈雜
之音往前滾動整條街像是一個虛擬的太空走廊像是一個銅質的舊夜壺
發出惱人的腥臊味兩坐剃廣扳尖油，骸曉篤隱晃滿艙輪
殼逍遙酸白皮，之乎外紮通地先平淪笑議反本都壞壞久砌
讀虛梵。午指足飛架騰有音訊渙山島決亂江豚魚掛
辣重披建福掀滾紅標窗改正當堵雁粗欠靈表美羊
毒朽焚壞每一條街直立起來旋轉擰乾沾滿的汗水聚在一起發光
攻擊值建立在另一個虛無的核心裡四周包裹著各式各樣的藉口和理由
如果我告訴你這些就是歪理邪說，如果我告訴你它們可以自我
繁衍罪惡不需要憑票入場先在於所有個體的內部是其本質的
重要構件是其中的一份子如果不需要拳頭那麼人也許就不會有手
成群集隊飛向本質上虛無厚實可觸摸漩渦幻象居中隨著輪轉
圈子在收縮周邊一直向外拓展前面已經形成很小的一個點
收納集聚而來的越來越小的圓外面往遠處去更大更大的圓
仍然不會停在擴散喘不過氣來的節奏壓著之下放棄是遭到屠戮……

2014-6-15凌晨大昆國

泥粒

對著一塊磚頭抒情，裂變或者在土坯搖身之前
猶豫使梅雨季節來得過於遲了。不認識路邊
正在開的小野花，等於一種往虛空裡反覆沖跳的怒放試驗
詞句在淋雨，它們是介於濕和水之間的介質
幾乎全部的不透明都來自於這種反自我本性又合二為一的綜合體
更加艱深的困頓顯豁出來之前
關於神性的開啟，首先基於建立在各分散個體之上的
具有整體感的失敗……
指甲蓋比對出來的大小直接附著在形容一株野草葉的進程之中
意義被強烈的外來之力嗑開——那嗑開之力撬動所有
那嗑開之力脫開自己寄生於尚未被迎娶的事物
內核和外延角逐纏繞彼此獲取，即便天色昏暗的角落
草葉仍然明亮。來自深處打敗正在升起的晦澀的明亮
它們和鄰居安然於此種不著任何之力的自證
對著一塊磚頭抒情，元本那土回到草細而綿長的根系之中
供給每一次抓取以客觀的營養
裂變或者土坯搖身之前，初夏傍晚已經用風梳理廓清
複雜身世和錯綜的網。連綿細雨掀開序幕
遲在自身的夢魘中襯托出來更加陌生的遲
介質也可以後撤至遲。晶瑩新鮮的泥粒被落雨濺起
旅居於野草的葉，它知道無論外出多久最終都是要回來的

和它的表哥紅磚一樣，「鄉音無改鬢毛衰……」它這麼想的時候
它其實正在大地靜默而深邃的凝視之中
……
一刻也不曾鬆懈

2014/6/16大昆國

綠換腰的紙靈魂

時時迫於準酒過河汝亦唇欣，歹橫守就
闊比剝皮更剝鐵差。舊河漢拈新，暗反
隨風飄。煮旗刻克。哄秘抬，亂捂花澆吃水
型比，更為深刻的壓榨顯露考米揣
都禾彈沖梳柄綿綿載棚達，黃的鳴警
閃爍分波恐練改。我說到，煙霧杯尊米爆刀
丘與兌免，埃及擺出做樣鹿寫髒得凡音
鍋滅路人先擦板定亂抬來回晃動，很細吊醜虧
狠狠一叉橫向割霞來歸均咖坐疼響
乞末攻鬥時時迫於準酒過河汝亦唇欣
歹橫守就栽烏雅。滿樹烏鴉黑翻著矛盾糾結的黎明
火紅的引線騰空撲就在戰鬥兩側租售
城堆涉水樓事暈禮花宗街，扭頭打霸
辦雪遲。欠菜穿梭地鐵領取分兩頭亂麻
這一小愛靠依偎，這一小摟靠換吻
隔虛凝問隨風飄。煮旗刻克。哄秘抬
亂捂花澆吃水型比，露水恨雕算夜
來來回回撲叫滾盤，祝一盤冷一盤
答膠細念僻靜走歡倉，歡倉遞臭闊富島
綠換腰的紙靈魂差差答答腫蹣跚
退錯亮肌合皮計，觸哽標轉舌，試舌，蠢無台

2014-6-17凌晨大昆國

鋼銼銼

鋼銼銼。把意思銼沒了，在之前先銼細
道路越銼越沒意思，牙尖嘴利，襲擊意義的團夥
與匪徒展開劈頭蓋臉地互秘。徹底的紅用足了體積感
濺水找回存在之上的不徹底。站著的憤怒忽然變成顆粒狀
滾著滾著在複習古老的熟稔。真菌復活附著於
我熟練使用的每一個字詞，大江縱橫掛在樹枝丫上
成為絞索。擰完一個祖國整的墳塋重新深化為
另一個祖國，沒有一齣戲包含了完整吞食鶴頂紅
碎成細末末。也許真的認不出面孔走在間隙裡
窄窄的時間兇狠地粗大起來，充滿慌不擇路
然後勃起涉嫌器官資源的整合
理論上的高潮寫滿了好幾本詞典，鋼銼銼
把意思銼沒了。薄薄的命運看上去微風可破
這貞潔的一把眉毛啊！墜著大奶幫膨脹了下午的框架系統
啟動飛細緻地磚鋪設出來不明不白的程序暴力
合翅收斂欲望，一小塊梯田裡生機盎然地
生長著五臟六腑破網兜售盜取了烏雲的使用權
豁免錯了鍛造成漏下來的棉花雲，梅雨季節
他們全力以赴追趕一粒球，廝殺著推動勝利往往
出人意料地瞠目結舌。這是鋼銼銼，把意思銼沒了
之後的，停頓許久，空白許久的目瞪口呆

2014/6/17下午於那我是咖啡

劣質故事

摩托車扁平地造反著，它們把掃帚武裝成

愚蠢的掃細胞。簡簡單單。孩子在獨自吞食時間

抵消所有饑餓感。披薩就這麼躺著

四分五裂陌生人走著走著把匆匆忙忙走丟了

也許不叫丟，墨藍畢恭畢敬站在雨中水沖洗之後

無可爭議地新鮮，還發亮

推置把椅子哄騙成現在這副模樣

惹人厭煩學著天氣不穩定，發福，臃腫，像那麼一回事

實實在在地瞎起來，艦隊順著肥皂泡

航行途中賣出的懦弱無辜地

像一支煙，燒出灰質雕塑，吸一口丟棄

國家推著獨輪車拼命後退，撤進指甲邊緣的某一根肉刺中

有人壞笑一直沒有停下來反而是廉價的電瓶車

迎來送往把整個朝代的人都接軌到

墳墓的來路上。搶劫犯，吸毒者，笨小偷

擠在一間小牢房裡講著劣質故事

慫恿新來的鬥毆者去清理疏通

往事裡黑暗部分淤積而成的腫塊，天慢慢黑了

2014/6/18凌晨于大昆國

撐大我們這個時代局勢肚皮

反諷訂婚了。受不了蛤蟆脹著肚皮在語言的
劫難中起飛不久過後也許還有成群的荷花會
跑錯門檻從而讓精神病患者誤會成
街頭上躥來躥去的車水馬龍繃著筆尖
蘸酸辣時事如同紅的宇宙穿錯了鞋咧開嘴
合不上奔著哲學的圈套在雨後的陽臺上種小蔥
麻木不仁心安理得於一樁關於披著隱喻的親事
它們都在鼓吹局勢的壞話，反而正經不起來
桃核被一張嘴胡亂翻譯成兩半
就著毛孔細密的皮吃下了一萬二千個瑣碎的日常
膠結在一塊形成密不透絲毫昏暗的天光
組織者通過高鐵路網運送過來的腳氣真菌
靜悄悄地爬到了混亂語法練習中
那一絲絲停不下來的癢攪動著局勢，穿上橘黃的絕望
最後關頭還忘記了戴上一粒催情粉
肥胖的四點三刻正在發酵欲望和衝動酵母
路人皆知地吆五喝六幾杯扒皮水
喝退三千城管蟹高樓隱在人群後面眼含熱淚
戲子式的內心結構釣取小城血管內
不為人知的亂七八糟。反諷是訂婚了
受不了蛤蟆脹著肚皮在語言的劫難中起飛
不久過後也許人物反目，人歸人，物埋物順便也葬人

2014/6/18那我是咖啡

刻薄的誤解

寬藤它們忘返於中間陰森的暗淡
洗潔精作用於餘下的殘字剩詞
星光點著。消防隊的夜晚，在池塘邊上
蛙的故鄉在鼓吹中。白色的幽靈葬車無聲
把行駛當全部的秘密從而為更棘手的死亡
預留了足夠多的安全感。挑剔紅肥綠瘦
過期的正義凌遲押解碎片縫合屍塊
奔突有間在遠處刻薄的誤解蘊籍有深意的召喚
歺毒回頭把我再打量一遍蒼蠅喜遷新居
然後被綁在病床上，手術中，一道刀疤
侵佔了它的所有。語言使刑法的爭議性
晦暗交疊無風不起浪渾濁居於我們中間
每一次出逃都成為一道迷信意義上的風景

2014/6/19凌晨大昆國

暗無這最

擺粗借糞癱瘓船驚鄉裏蜜毀鼓，禿指欠利曹
密度在窯裡燒製壓縮高溫下山猛自轉，挪棄
戴雜色蟲。那於本早錄，河患走雀噸……
賊眉閃亮鷺盼島，或走租兩裙，掌兮通兩平
葉片深沉鎖鏈緊扣桌右橫，塞騙帆行淺
截者換上仿腔樓登量裁乎相思地
焗難五返天奇實際上另一個橢圓形閃電球
築描歡板獨獨，光線懷著石磨的沉重
暗無這最末端繞線般拾起結局，這裡頭
有事件本身的骨頭。有事件進程中本身的碎渣
一條緊鎖。無數慌販批發的牢牢的沉悶

2014/6/19那我是咖啡

無頭怪驢

它們把石頭研磨成細細的粉末，更多的它們
器重木炭和蛙鳴。架在火苗上，火苗用私欲烤製
遲來的活著比早來的死亡更早，也許意味著偏袒向任何一方
都會收穫善意的惡名，飄滿塵粒局部悔改
煙霧早早地覆蓋無知之病，無知漫漫如雪
彈跳著渡過短路神經赤裸絞結面若土灰
把大海烤製成小雨滴，窮小之極。大海戳穿
怪異的理想沒有留下大海本身的遺跡，只留下針的遺跡
浪花有嫁給海鷗的賊心，白鷺也有強暴的賊膽
腥味調製好的空曠居心叵測不置可否
任何一條法律都死不瞑目葬身日常而瑣細的贓物之中
悖論騎著無頭怪驢正向著蛙鳴的中心款款而來
它們把石頭研磨成細細的粉末，更多的它們
努力演練服用技巧。最實用的也是最節約
群居動物用未必來反對，細細的粉末獨自支撐
孤零零的骨架，用軟骨墊付尚未產生的嚴重後果
在凌亂的舊街道上提取過往的星光也可以用
磷火替補這樣一種尷尬。燈火慢慢被撥亮……
看不見手喉嚨也在漏氣響著氣流旋轉時發出的回音
彷彿很深的騙局，讓陌生的一閃而過的愧疚
逮個正著在隨後的空隙裡時間落井下石也變得
名正言順。一切都是賺來的外塊堵著良心

不至於漏出一克的不安光鮮照人道貌岸然求佛求菩薩
念念有詞的誦經聲真正抵不過一陣比一陣瘋的蛙鳴

2014/6/20凌晨大昆圍

最近

最近也就是最近一截鏽裡面透著些許
不可解交相混雜光被蚊子咬出的孔洞
正由血來添堵不可說血的主人，不可說血由誰製造
荒唐的噤若寒蟬波濤洶湧亦可靜默無聲
時間一層一層疊起來像醫用紗布那樣
裹住的部分從裡面滲透著往外的不可控意外
最近就深陷在裡面呈堂證供也沒有用
隨時可以更改掉面目全非。最近長滿刺
情緒澆在多肉植物上太多根會腐爛
不管是什麼樣的腐爛不管是什麼程度的腐爛
精疲力竭了最近掉在過去上面。聽得見黃金
砸在泥地上的聲音也聽見善良在最後時刻
崩壞的碎片聲只是最近詭異得沒有氣息
和無法判斷的跡象蛛絲懸掛起來把恐懼掉在上面
最近陸陸續續地到了，貼著影子替代影子
成為恍然不覺的幽靈偃旗息鼓地
狡辯著茫然。最近被誇大其辭地活在幻覺裡
找不到支點撬起了更大的謎團範圍過廣
可以企圖去濃縮把最近順便壓縮成為時間的仿製品
像壓縮餅乾把小麻雀貓頭鷹土撥鼠癩蛤蟆
都加進去最近也就是最新鮮的那條產道
羊水破了，更近更近的最近蜷縮著身子不斷降生
胎盤厚重肥沃營養豐富連著臍帶⋯⋯

2014/6/20那我是咖啡

一粒什麼

移栽花草早晨辛辛苦苦不見了鳥雀哀鳴

八點鐘預設好的陰沉像天網一樣氣勢恢宏

日常料理黑色肥沃的土裡灌鉛般沉重

矛盾勾勒的雨滴踩著邊線晃過了語言的小禁區

五顏六色地放蕩與時代的花邊消息在偽造

真理時保持著令人訝異的默契裡裡外外

開著不相信花朵的泥濘割捨去掌握局勢

人們終於站到陰暗邊緣學習著向墓穴

裡套裝的陷阱伸出細膩的愚蠢，愚蠢

牽扯出一連串滑稽用於培育看上去的一本正經

太陽露出經血塗完臉蛋詭異不堪

撈不出來丁點笑容的渣滓平靜而陰森……

發動過熄滅後抵達深淵處風景翻栽不解統轄

全部。一切都徒勞得更像徒勞本身孕育著反反覆複

過激仿製出來密集症般的鴿子

咕咕咕咕轟然著複雜交織也許泥土更應該

放置在棺槨裡頂替陪葬的故鄉

不同標準劃分時間界線令宇宙中許許多多神秘兮兮

被迫跟著浴缸裡急速旋轉炮製而成的渦流

同時拷貝到更莫測的海域與海盜們

勾心鬥角地開著殘酷玩笑。有一天風浪擊潰防線

湧進航海家心室爭搶那眾所周知的一粒

2014/6/21凌晨大昆國

隱喻小組

微信圈裡喘一口魯莽粗氣，用手機禍害
成廢墟忐忑不安日常吊腳跛足
在這時代。這樣的憋悶臉紅世界翻版
到更微笑的寫字樓裡為什麼咖啡不能
錘打吸食冰毒者的鼻翼監獄建在割過之後的
韭菜茬上面鐵質防越欄杆安裝得到處
都是監控器和報警器沉默著惡行累累
也許不必在淺薄水塘尋找歷史失蹤
痕跡隨著成功遁形者重新像皰疹
浮上稀稀拉拉的微博刪帖幽靈手持
刈草機割消息。大路上排隊堵滿
冤魂他們把面孔丟失在罪惡另一邊虛構著
此時此刻寫著訴訟狀詞擊鼓聲音畫著
圓圈像肥皂泡一樣飄起來……
記得在輪迴之前的每一場針對我們屠殺
也許戮來形容更貼切總之我們被竊竊私語
謀害在長滿陰濕青苔的暗角裡石頭不說話
青磚不說話現在那些長著舌頭的報紙
專門用來舔舐暴政、紅腫的肛門
周圍地帶接二連三很難徹底根治的皸裂
向外鼓著敏感而又分不清面目的血跡

2014/6/21那我是咖啡

失心瘋鏽

著力描述一灘黏糊膠結一起的鏽
暗紅、精確、不太好確定但一定會很準
濃淡和層次感參與綁架這些形象脫胎
於仍然未曾失去的輪廓框架結構的時間
再一次鏽得快要薄得出現不規則孔洞
顆粒狀的表皮隆起隆起一次次突破
自身邊界。隔壁是鏽鄰居們都是延綿不絕的鏽
它們一路生長順著空氣錯綜複雜的觸角
水分含量吮吸這一次著力描述一灘
黏糊膠結一起的鏽裡裡外外充分透了
旅途安排在鐵質表面安頓下來居住到死
新生的力裹著舊有全部在奮力過渡
它們的世界觀出現不規則孔洞，它們快要薄得
把自己丟在虛無之中不需要勞心費神地埋葬
別的同類嫁接了原本所有記憶所所有有的記憶
一次就把暗紅、精確、不太好確定但一定會很準
弄得清清楚楚。剩下來的鏽層層疊加用不斷地
懷孕生育盡力銹蝕自己以至於更加輝煌
順利取決於顆粒狀的表皮隆起隆起
一次次突破自身邊界

2014/6/24凌晨大昆國

地心隱力引力

耳畔轟響泥濘混沌力之源頭在構成
邊緣的絕境。耳畔轟響著沉默之極的憂鬱感
和頹喪感，晚風吹翻世界的裙擺露出
裸的蚌殼一張一翕黑窟窿像是局部的造血機
蝙蝠深受其害滑翔尋找弧形的獨立
落差再次羞辱那個黑暗家族
遇到勃起的仇恨，遇到隱秘的地心引力
若無其事顯得極度罪惡向著膨脹的星空
墜落一次與它們的群星敵視闡述
權柄的幽暗讓每一個看上去佈滿蠻力的結局
最終不會掉進陷阱隱喻糾正過我們現在也留下了後遺症
彩虹畫著牢房的軌跡安慰我們的同時褻瀆
它所有叫得出名字的恩人擺脫著
一棵陌生的蘋果使它在撞擊中頭昏眼花製造出
更多的可供食用的惡習。不得不承認每一個惡習
都在試圖拯救它的追隨者晚風在午夜
慢慢墮落為引力的歎息我們只是歎息中
細微的顆粒在氣流中簌簌發抖
忘記常識那一個個曾經把我們從奄奄一息養活的過往
案例……

2014/6/22那我是咖啡

詩的遺產

這個時代是詩的遺產。光芒越來越盛
激動著把頭顱祭起用令人瞠目結舌的方式
描述一縷煙霧而不關心詞與詞的間隙裡落滿的人間
雄性的白席捲……無助鋪滿窄的巷子
而更寬道路出賣細小靈魂，在物質惡行的審判
儀式上詩躲進陰影中的暗角仍然被驅逐
羞辱一種慣常的語法結構上的自卑感
扛不住沉重城市大面積地壓下來
即便更無恥的謠言也正在用誇張的覷覦
試圖置換出可以站得住腳的邏輯推導
一扇門背後堆積如山的幽靈比堆積如山的沉默
更加心驚膽顫逆向的風總是不合藉口地吹來
茫茫無際像渦流深刻的度量沒有任何一種
含蓄可以掩蓋孤僻地航行大海亮出灰燼
般星星點點的閃光譬如在一行句子中安置
朝代更迭譬如一個逗點被殘忍撕扯砍頭血濺滿天
疑竇叢生。更為具體的不安戳著鼓點
哄騙那些可以想見的假的旋律……
正式地為詩繳納遺產稅高昂的代價催生著
越來越多的思辨循環往復每一個疑點都被用著支點
磅礴的雨為著每一筆可能存在的罪行賣力清洗
並清點。這個時代，絕不會有任何一筆模棱兩可的財富

冠於詩的名下。光芒越來越盛溝壑和暗渠

矯正辨認。放棄所有圖騰，這個時代是詩的遺產

2014/6/23凌晨大昆國

帶著它們一起纏繞

鼓勵一種極其細微的呼吸，猶如
泥跡斑斑，呼吸因此而更甚
角落把雨逼停，把天色慢慢逼亮
擠出了零星鳥鳴。豆渣經過發酵越發
氣勢洶洶起來。綠葉蘸食雨水暗物質
頹喪隱藏粒子之後是粒子，鐵欄杆拔河
越鏽越遠如果每一次互相邀請
都在發展刻骨關聯。星空璀璨像黑壓壓的蒼蠅
一次受孕終生產卵宇宙在孵化中撐大
而驕傲彩虹旗升起半空的性別背叛，石頭反對的生活
由同性戀負責祭奠，時代堅挺時代廣闊濕潤
車輪撫過的路面冷漠孤注一擲
更精確的微小更暗。穿針引線式的飛翔
反證著孤獨。剩下喧囂是遺產的組成部分
盡可能由日常的經驗來掩蓋不可解的神秘
小徑蛇行沒入叢林堅固的晦暗
新的隔閡產生在水塘碎小的鏡面上
前所未有的陌生的光遷居於複雜的公式之中
煙霧充擋在生活第一線
針織毛衣，自行車，手扶拖拉機，腳手架
購物車，旋轉餐廳，摩天高樓，針刺的疼
擴散起來像劍齒虎震動的口侖棥肌
死死包裹著從鐘錶裡遺漏出來的光線

模型和結構羅織罪名獨到的臭氣
雷同於堤壩的滲漏。藤類植物攀附瘋長
無憂無慮恍無所知更多的秘密
帶著它們一起纏繞

2014/6/23那我是咖啡

跨過橫陳的

空的化妝瓶俯衝下來，你吐著甲烷
也可以試著拍死兩隻楊梅。爭吵時吞吐的坦克履帶
轟隆隆阻止記憶這熱帶雨林神出鬼沒的巨獸
濕漉漉黏乎乎像傍晚包裹而來
糖果蠕動在一片更大的死寂裡，陌生人總是
微笑忘記自身像我從未試圖瞭解的荒地
頭痛分居在每根神經糾結不清異鄉口音
像個醉漢晃蕩吸附耳畔意義也歪七扭八
煽動枯葉往前飛穿過關押的監室
夜晚的子細胞彷彿正被催亮
發光是債啊。甜也是債。拎起裙擺
跨過橫陳的陰莖一切變得不那麼美好
一切都是那麼的似是而非

2014-6-24凌晨大昆國

樓梯骨

綿密暗影橫生……
曲折對沖角與角合力錯置另一種
意義平鋪直敘。足音迴旋飄散每一款想像力
差額共生的起點與終點展布
低頻振動細微塵粒躍起像是光串起的
珠鏈扭捏無骨意義更加垂直
把轉折藏匿順沿斜的空軌道滑動
固定在時間平整的扁盤上
行程流布微風柔軟拍著階階節節
生活下去，堅持吃歲月吐可有可無的樓梯骨
可有可無並不意味消失反而更堅定一定存在

只是一種虛擬的置若罔聞
意象便彈跳出濃烈的骨感

2014-6-24那我是咖啡

棲鳥果無墳關

化繩乳妖。導彈繡邊凌陸
替仇換。刪切哀若奴奴，深祈枯睡戴標嘗
他們藏好，看不出腸子五色煙熏
犯維棄、此走走、轟刑拽，課別歹捂算起心
款款涼席無是匋陶吾宰製
患肉過湯。幣呈慌，錄休繁棱
獎遲敲菌禿悶喪。晾衣繩
晾衣繩上晾棲鳥果無墳關
辣酬指指，甲油爭夏擺橫枝切可之累
帶雙就梅瘡臨堆，拔街整條
浪新栽。俄乎細雨粗大粒圖哈哈
退米來老，昏雲散白日，久買腔
友抿裁海島石荒返斷
闊當一黎曬兩船
花丟滿目頁，發披枯，長鄉多愁認
蛋割白，邊煎鐵屬命裡餘運
池餓黃黨，語音靡靡，那個老外
兌換冷氣。和西抹琴滴滴局順領
高沉暈湖鹿息穩教，塞請邦
土濕埃可思

2014-6-28那我是咖啡

大夯咒

打擺純扣方槍還停住
如爾，裹模摔城
脆承扳渾唱
路抽件件上海騰正有
胡群帶
子吞裁
苦摸翻橫皺
民餿帶
奸渾破
塞假黑逆
過分國次哀家多神辦
盆繡兩條豎
主晶剔後羽
巡反。鍋彎挺品，窄水擋高數門環拼挨粘落乍深
原等上文乎沒歌石涼損矮的亞
拿裙耳連常
大夯咒
船滅滅
虎臭鹿拽堂非雨
截算，胡群帶
子吞裁
苦摸翻橫皺

2014-6-29凌晨　大昆國

剝換

極度深湊，落日饑，凡明
一枝剩花攔苦夏
亂神害門汀。荷池裡蓄水，太黑
魚吐出泡，灰色抽離
使勁擰。混合穿插在偏離
航正贖沒有七點
群星抽筋
柏油地面滅暑降溫後
風暴枯旋
擺路濁遠新不通，運堵
散雲三疊如省坐
關河等等，羨者大烏篷
拐轉換拐堆塘失
凹面暗淡澀
淡弦律蘊開

2014-6-29那我是咖啡

除此之外

尿一免呼喝煮類，陽光直射
刺刺就危寬
歡綿露百，圖多凱米剩
溫和忽然潰著沾邊紳士
鵝退止間樓
燈火搖搖順夜風蔓延
圓包裹這慘烈

粉色襯衣灌飽哄台淺
它們沿折線
耳機裡傳來世界狠狠
垂邊泛白，哼呼怪存波切斬
煮好的夜色掛下來
藍么簽簽暗在邊角
最深硬撐更遠

局水粗時洗，刀換蘇，黨壞
在狹窄間恕其年月
桌面微弱油光
提拎紅駐
框直講隨麥烘扔
看不見。那書頁後面
竊竊之語，收斂得多

2014-6-30凌晨　大昆國

鑿稀

害畩尼牛泥泥肚
蘸畩尼牛泥泥扳倒渡
嘴角上揚，賴欺勝遠
鴿青輪息木轉魂
天空輪葬儀
翅絞。鼻塘戈埋巨雪渾搬動千結，膽塗
傷不戴溝，如
休環回路你看見

涼找找，嘿顱虛，磨鳴朗照
布腥挨必患努勻在手
勃其摜揪蠢夥架鎖牙魯醫
舔登收裡刮
剪不輪醒做寺
屠坐寺。妖面逮一陣
巨大發光正對鋁合金窗
接下來，不規則黑影晃

害畩如煮風，跳躍，緊一刻鬆一刻

2014-6-30那我是咖啡

死蟑螂的一切未必

死蟑螂晦暗，四腳朝上躺在
午夜地板。冷氣洶湧。我能看見虛撐的腳爪
深色黑。船形。反襯地板昏黃
沙發肚裡影子含含糊糊
它們都不見天。熱氣你能幻覺出觸鬚微動
是不是一次貪睡，是不是一次積極的時差轉換
死蟑螂面孔不清來歷不詳
帶著籍貫死於一首詩的第一行是榮耀
倒楣
船形屍殼黑而無光，它未必不會醒來
辯證法是最好的急救法，也是一種無人問津
悲愴地死法。前科，還發生了什麼
伸開手……到臨了，它竟然伸著手

死蟑螂未必死了
每一個故事都有結束的理由
每一個故事本不願以我們都知道的方式結束
船形屍殼上面是屋頂
屋頂上面是一陣陣或明或暗的星空
它面向宇宙，像一艘野性的海盜船

2014-7-1大昆國

沿著午夜的邊線消失

忽然說起蜘蛛，當然不能弄死不能傷害
把拉鍊拉開放它出來。很多年很多年之後
它竟然又從你的語言裡爬向我
幽暗的目光裡，它沿著午夜的邊線消失
在蚊帳深處。星空獨自旋轉不再試圖
尋求對話也許深及一根錯綜相連的蛛絲核心地帶
也許深及一個人最無助的內心
時間虛度了

蜘蛛的軌跡顯豁出那些所有的
神秘。彈跳著星空晃動，我說出一個詞
露水裡晶瑩剔透的絕望晃動
世界分別投射在弧形的水滴上
總之不能傷害一個生命的靈
也許外部接收到的光線，加上全部的漫反射
都回不到最初的那一次消失
現在，正是消失的深處沒有回音的時候

談到終極的話題，窗外飄進來陌生的喧囂
樹梢上棲滿了你不知道的喘息
忽然就插進來一陣劇烈的打鬥聲
它們不知道我們正艱難深入的這個關於蜘蛛的問題
罵罵咧咧，關擬橫送跡歸匹蒙素

陸如轟然呆車帥，替損煩滅中飄低
提白灌包急黑足翻直往墨藍公允
沿著午夜的邊線消失

2014-7-1那我是咖啡

晃一晃，它們就住下了

一捧綠色光，一灘水
厚薄濃淡，芒如水流淌眩暈
不同的時刻他們都是殘疾

所有葉片舔舐
光禿禿的天空此消彼長
打招呼，把所有人都捎帶上了

樹幹在搖動，你會發現
整個字詞都在鬆動
這是更大的鬆動到來之前的鬆動

桌子擺好，遮陽傘下
巨大公園學會在孤寂中自己翻身
從別的地方刮過來的風

成噸成噸地擠佔掉
事物的體積
晃一晃，它們就住下了

一捧綠色光，一灘水
厚薄濃淡，芒如水流淌眩暈
殘疾們蝸居在各自小版本的祖國

2014-7-2大昆國

丟滅失全溝

著選空，帶接倉，騰小白蟻
在扛。兩隻麻雀追啄，木土凡爭
香秘裡共共，逮巫裡堂消
周和逼裡勝京匡恨也通靈擺面篤
酒做忍刊肆沒船
黃河麗，痛過錘
戴甲魯驚心芝離寬黎酥酥還
獨厚起頓栽鐵照
鄉村掰分久
潔花錯穿一刑噸軸，楷
亂胡腰。召見剎留春
我不知道懸空的事物，遊客像是
金屬導體。輪弦蓄每每
扯乎在粉黑整齊都護排排撞
擠鬼酸台像不像
哭拿再掀誓綿謊毒賊路南
丘老賭友套遮禍咪咪
著選空，帶接倉，騰小白蟻
在扛。兩隻麻雀追啄，木吐凡爭

2014-7-2那我是咖啡

重點描寫一張黑的遮陽網

地輪九開運沒。扯架綠。銘坐
閃表，該
人岡抽鎖碧空心悶氣兩頭不透
加葉水還，狠開帶沿，逐湯也了了皮磨
海存藍球滾站瓦又
拖工刪這一年賊肉定有門口
鋁合金打開室內安靜，旋轉
萬不得以，宏休擺面妥正難幫

沙沙毛勺攪一腔，業對反光
樓頂上還有間，紅頂小屋一分為二在暗處
靜默。換誰鳴，蟬心正農標
牌貼，牌住，裸仙牌
佐以複指語未幹俊退延延
常悠陪白象。閃表，該
你掛穩這巨大……
浪首先試探

俄彌兌消一凶窮多坎爾面，頹預髒
汗道奔無敵實際臭賣買
抵江忘秀空三五日，合醉新客到朽
就尤也。齒露唇焦南後街
羅宗傾送鋪台廢古流長亂頂傷

閃表，該
切如紙滴涎星期閃悶罩排
鑽蓋

2014-7-3大昆國

可備二三斤

噴必磚心貨邁
祖之
扣遙掄
賽老勾一施島檣縷反中
士編拐意識到不斷下陷力拋出又回
追
康耳勢簾相右突突
大脈對短，喙視
挨及不戳拴粒子漩渦
下陌滑月快輪座
曩湖塊鷹萍救呈什
持計
抖梨欠罔芒意拭幾好
線大孔
弱宇蕩蕩剔落幹波
哄
錘放
可備二三斤

2014-7-3那我是咖啡

逮五貨隆慢

煮皮，黑丘滾蓋落橫江，妥免搓
查念忽如觢石帶繡臧
叉暈育滿思走喪喪，爬翻茫茫
刮果須棱角，一乞捽兵
不若火地雄朋害酒高棉太衣常
糖畢么無慮換中央矢筆剛
獨穿頗准疼了，試外方成吹密湯
宰務
施渠或拔愁夜這，帶烏波
小奴信由黑紗飛天麗日搞曬
整編枯。懼為帶剩或貓肝路朽次
拐雨重洗板目先露刷河四
銃蠻座山餅夾軟體
獎無年足換濤生抑改就擾圖
豈讀，絕推噴綠甲縣
閃殼悶悶強漿頭呲牙
克哈行德語闆東南黑天蓋
粥和禮鄉屯瞞狗尊
薑繩課擺樹頭翻動間甕形盡倒
毫毫聽音鑔
巨宰務
刮果須棱角，一乞捽兵
煮皮，黑丘滾蓋落橫江，妥免搓

2014-7-4大昆國

用萬里無雲來形容藍

提取黃金元素，它們海轉陸含江盡伸

夥縮，時間有鱗，沾滿黏液

濕滑幾次順緊力鑽行，這一頁記錄舊陽光

紛紛陌人。屯積灰燼餘骨續，樹葉上你找

地圖和城堡。樹葉上下跳躍你提取黃金元素

街從樓，俯高之，剝破臨碎聞一聞

雲層繡上鬼頭大面孔才知道這一路走來

課雨滿泥全力翻，熟知歹歹

空的時候裡面積蓄起來狠狠巨漩渦

日常遇見生活，提取黃金元素，跪拜梢全逮力鳴蟬

分周九。呢錢問問是啥寫南好波東吃

紙飛機從天上栽下來

碎會認化大遺的把事屍怎姿回阿台及

反而一蛋壚散落就哭俗栽

起火丟炸。提取黃金元素，鄙超不熱

島在悲傷欠小葉，島更悲傷欠大葉

勒爾算在全民放抖，顫慄

割去整日頭新舊曆史翻翻爛到這個時代

提取黃金元素，我被催眠

提取黃金元素，萬里無雲被藍催眠

2014-7-4那我是咖啡

炒菠菜詐骨談

哲學、文學、神學、公園學、洗衣學、吃人學
翻穿學、剩辱歹學、歹徒下面學、販學
炒菠菜詐骨談。炒菠菜詐骨談學
烽火趺斷學、長病轟嘴蒙利砍挫學
這所有學、無法學

你讓我學、我不學、塞拉內爾學、貢蒂尼學
翹課、冤堵藕根學。墨綠在街頭翻動
這一座城淪陷學、墨綠學、暴動學
謝謝所有不可知無知未知先知也不知所以學
孩慮餓站頭風啟密密麻麻學

語言學、禿學、厭學、神經斬斷踹門拎毒學
放蹤齊祖雖內噴學、城在市中學、篤學
博命留低晃一晃再學、青椒炒學、美學
這一頭到那一頭學、兩頭學、多頭忽然冒出來一頭學
炒菠菜詐骨談，炒菠菜詐骨談生路走絕學

炒菠菜詐骨談，是炒菠菜詐骨談學

2014-7-5大昆國

分裂的不結束性質

一束光從此就變得很突然，扭骨
圓弧式進行。如果用它蓋一座穹頂
象牙雕雨，渴必垂裡次密溝停頓，在虛構的
現實中沉淪。也好。行進也好。耽於誤解
這迷宮，曲解花費了很多光

自從落實虛妄地穿透，一直在逃逸
各種名目的辯解到了漆黑一團的地步
聲音製造幻象供很多人上升
剝離很多，剩餘很多，啞巴們錯領的天堂
一遍又一遍地邪惡。不可恕越來越多了

它們弄出來動靜，而窗外全部都緘默
一塊鐵板玩弄起表情來
生硬也不自然，總是給人一種莫名其妙
退堂鼓一定要敲，路線規劃
避免結石，正因為此，咬合本身恩怨難辯

世界閃了一下漢武帝，滅了一下大宋朝
墊一墊他們的歷史水準，暈頭轉向的高速
糾結。小人放棄的事業裡泡著楊梅
鏡頭握在什麼人手裡，焦距滑動著
一束光從此就變得很突然，扭骨

圓弧式行進

2014-7-5那我是咖啡

雀臨換租臨

追磨燈。枯寧結倉裡繡歌還都
這一唱煮水寬明山，這一唱勺載
翻禾來力臂。煮花此採勾蜜如甕眩暈

窩吃托縫西，疤轉一隙
陌蟲吸食午過了。只耳勾剩邊波躺躺凡
歪逮無扯佛布荒漏大八腔
禿瞄，死帶瞄。沒收壽你能支
九條隨風對面看巨拐高

摸踢照撕住空兩行，只趁暗
舟表屁股扭扭著熏脫
半冷一溜珠鮮板在亮走逢雨
擼擼隱，擼擼雲
黑架框有燭，連敵紅，趨火

一分賴畝。哀弱款面乎
觸淺背線過皇，烏雲裱線
嘴飛翹翹……歐響亂，肯號碰碰線

2014-7-6凌晨大昆國

從藍色裡讀到的紅球的紅

紅球拖裂縫，細碎的，在節奏裡奔逃
足虛鎮在隔壁睡臨湯。滿帆不圖近一點
從藍色裡讀到的紅球的紅
擺一腔斷鳥之飛，祖國之煮憤亂纏絕
戴上淺程的真理嘔心瀝血
表白廣場石頭換了悶，童心同理
當患捧捧的，灰色爬到立方體上方
做了更高的體積。亂迷逢猜
雲層密密匝匝繞緊了你的仰望
我僅僅用來呼吸。波浪形攀附空白頁面
忽如鏡面忐忑明明看見一座城
在天光的窮途暗黑下去。屋簷無法升高，但
在風下，有一些被迫地圍繞一根軸
旋轉。然後，錯覺佔據上風
旅行中認錯的一塊毛巾
現在沾著水和碎片，從大街上跌跌撞撞過來
像這日子的顏色。我不知道
鄰居們是怎樣拋棄他們的鄰居的
但我知道，從藍色裡讀到的紅球的紅
正打足精神，向語言的泥濘深處泅渡

2014-7-6那我是咖啡

烏省在旁邊

兔擺火弄，打籠。烏省在旁邊
大河流，蠢都泛綠橫腔流，地墨害流
燈火從上游一直照到密不透風
在黑其中有一些不可告人。城市或許再也
不會發黃。災尖混，句端落冥斷雨絲
抽魂，圖泛拼接整座警笛
屠城暴雨它們砸向爆炸地
西散走舊蛙透息，黑膠流，騰悶鮮流
還帶最後這早班道丟幾世
淚鐘緊縮忽然刺向裡邊一點點
圈馬鬼咬旦哼泥結板澆承
牽腥。卒更煙，奪苗烏陣砍
黃豔塗驚足板死橫
卡車冒位出江遲，大昆山妖風
妥練甘或拜刺懲霸子細亮
耀節轟鳴在旁邊獨，大河流
蠢都泛綠橫腔流，地墨害流
兔擺火弄，打籠。烏省在旁邊

2014-7-7凌晨大昆國

閃爍

天際線昏瞶滑行沿著烏鴉溫熱腹部
完成一樁離奇風景。大樹潑出黏稠的時間漩渦
難以遺忘翻轉，許多疊加一起的幽靈
也在外出。梢頭看不到葉片
反而是互相熟知的經絡在串聯
城市夜空邀請而來的見證者，複讀罪惡
一次次謀求更大案發現場。願力裡積蓄著磁性
不是嗎，吸引本身也隱在暗底色雲層邊緣
顆粒狀光斑裡間或吸納別處逃逸的亮
再說透明詞典裡佈滿懊惱，枯乾籬笆剪斷的城鄉
散落零亂，交錯，沒有更龐大的黑艦船
漂浮粉塵之上若隱若現，就沒有更兇殘海盜的
負債累累。通過角膜內置暗物質鏡片
波濤洶湧寄生在空闊之中，即便氣泡高速沖出
圓形金屬管，那也是命運調好鐘擺到點碎裂
古城牆磚上長出綠的莖和葉
不知其名，或許根本不需要名，在閃電撕裂墨布的縫隙裡
閃電已經栽進牆磚深不可測的灰色調
生命修得正果。語言已經難以束縛它的自由
語言已經難以駁斥有違其自身本性的邏輯力
塵世每一次閃爍，都在一片廢墟上長出簇新面目
麻雀們在這裡飛著飛著就像一群笨重的泰國象
喘息渾厚。甚至隱喻的長鼻勒緊生活

再然後就是發酵。恍恍惚惚之間
巷子裡躥進兩頁白蛾，茸毛腦門
沾染大海的消息。兩個半球，兩個腦半島
構築在狹路。故地舊賬翻新裝修
偶爾織纖維於沉默，使鐵板更沉
尖屋頂磨鈍，霜的陋習傳染給日漸沉淪的疼痛
土地換上尺碼過後的反覆踐踏符合國情
瓦片底下積壓的老祖國，老封建，老而成巢
霓虹燈靠各種顏色蚯蚓來照明
情侶們暗中行動，走火以後變成姦情急速地來回抽送
野草叢佔領的公園，觀念暴動勝過一場
突如其來的颱風呼吼撕扯把粗大梧桐
拔倒在水泥街道上。星期六，暴力不休息
那麼手呢？聲音如流水爬行，那麼手呢？
重複幾遍過後蛙鼓噪起來，一群黑衣人沒有遺漏
可能性，他們棄除可識別面孔奔襲而來
無影燈又為他們製造出璀璨
鏽跡覆蓋欄杆客觀而言未知之物終於又分娩出
新悲劇芭蕉葉寬大。它吱吱嘎嘎搖啊搖
互相雕刻星空，用細又長的根鬚吸水份
一筆酗出來的爛帳推動夜色往深處去了
酒水掀動間，又一頁宿醉組合牆體晃蕩
簡單馱沙漠起沙，一本書合上死亡續集

上海黑白照片把自己飼養成彩色繽紛的絕路天堂

年代的事，像是倉庫裡堆滿謊言

用我們誠實做碼頭吧，用我們誠實做碼頭把你們秘密運走

改寫春風得意，改寫幽靈章節。大海正在用固體思維

開發，月球釀製災難過後忘掉悲慟

從渺小開始抒情童年只有芝麻的憐憫，芝麻亦巨大

窗口吹來消息，公路上鋪滿陌生人

融入其間坐立難安粒粒微塵座座大山

戰爭被確立在公眾接觸的最前沿，一群人在天上飛

越來越多的陌生面孔加入，大江奔流各種膚色

混雜攪動彩虹炫目之光暈倒之後

宇宙人為縮小到肉眼可見的極限

勁辣，焚身有望。關轉掉一些神秘

白色亞克力材料泛通透喻體

在裡面觀望自我。斜斜光分成黑白兩部分

大理石檯面多少崩裂進入無須許可

心臟承受來自瑣碎流言的蠻力

頃刻流轉。連通器裡滿帆前進著數百頁絕望

為何不是成千上萬頁呢？心脈急劇膨脹

肱骨遠離橈骨。尺骨、腕骨、指骨、腕掌骨

分崩四散，翅膀形而上毀於一旦

世界客觀分為上下九層，馬車闖進鈴聲核心裡

部分懺悔需要髮指之罪匹配中和

惡的鴿子，肥胖細密地控制牢籠剪除羽翼

之後，撲騰。像死神的車隊喧囂聲勢浩大

繃斷所有弦和安靜中忽然慢下來定格的最後一根

金幣磨滅飄在石頭心窩裡的幻象叢林

階梯渡火。拾級而上死亡虛構出瓦礫堆

跟隨突如其來一擊。暴風雨熱吻地震現場

世界客觀分為上下九層，層層遞進。消息組成高牆

顏色慌亂。蛾子趕著深不見底，這個時候

還有旋律釋放妖魔鬼怪，那棵樹上在枝梢

在葉片與葉片的重疊部分，有暗影

黑的巫咒源源不絕拋向可憐的悲痛者

極光伸出細腳踩。傳說月球是個空心故

打上活結，關於遠古。人一茬一茬在星球表面遭受屠戮

把一切都活毀了。水池蕩漾災難放大到整片海域

信號不好借鑒了盲音，返回促狹內心

一本房屋裝訂在一起是村子，一摞村子疊放在一起是墓地

棺槨高懸在吊絲盡頭猴子好奇深山煮透歷史

假裝沒有大礙。在純密集屬性的圈子裡

大象成為身外之物被巨鵬飛著叼走

紙片變重夯擊著讀詩人……靈魂碾透過後戳穿

灰濛濛亂雲飛聚並不是地震前兆

有人死於手心。還有人輸得傾家蕩產是在夢裡

生活美好的陽光撒在別人的院子裡

老人抖動的腿腳再一次把童年得罪光了
熟悉深海處澄澈黑暗不帶珊瑚礁
刺耳也就變得順理成章。沙灘上沙漠橫生
更大的波瀾壯闊洶湧沖上每一個熟睡的軟枕
遠走，離開事發現場服務員與廚師長之間
隔著兩噸重古老世紀。砝碼上鑄造出來的情緒
跳躍偶爾瘋長，家常的苦吞嚥。在酒杯上
讀到寡廉鮮恥聲音非常細，顯得詭異嚇人
空白桌面翻滾梯田上蓄滿飛行躍跳
軟化石頭工作在過去幾十年裡遭到嘩變，就像新的泥石流
掀翻生死，泡沫吐出來遍地細碎殘羽
收穫滾圓的恐懼像門牌號一樣釘在腦門
側身走進比暗角更潮濕的黑暗，靈魂息肉裡躥
出幾縷煙霧，沒有郵差的情況下，所有送達的消息
都多少帶有幾分偏正結構的語法特點。聽多了答錄機裡的鳥鳴之後
患上迫不得已的禽流感，伴奏的笛子仍然
不知輕重地吹響。迷信跛腳辯證法垂釣有限
花紋裡面隱藏螺旋眩暈順著虛構軸線轉動深入
貼著存在的絨毛擊穿最後一點幻象。天色被捉摸透了
假肢漂浮在廣場。塑膠花植入樹幹常青。通電插頭
帶領我們活捉到的夜晚時光假假地支取幾個鐘頭
脫殼過後瘋狂起來的故國回音返照取幾粒
項上人頭祭一祭居在縫隙深處的毛骨悚然

雖然縫隙就在自我深處。方言成就了真假難辨

造反加緊發酵壓縮菌類數量，終於又鎮壓了一次重大事件

功勳貼滿好看瓷磚。綠燈罩的小檯燈轉移宇宙視線

依靠地心引力我感覺到重如泰山的驕傲確實

如人們傳言的那樣一直寄居在我的謙遜裡

兩面透明夾擊，牆面上盡是磚頭的聲息。在人道主義的肉典中

怎麼可能不涉及到真理的害臊和缺陷

就像哲學。哲學本身和漏洞是雌雄同體互為表裡

惡性唱出來以更慢的方式侵略你的無意識

月光有可能也照耀不到問題的核心

又何況乘坐在雲層中的那些幽靈正處心積慮

「煙囪為什麼不可以是倒置的棒棒糖呢？」我說

匕首卷著刃也要替代你回答嗎？集體散步散發著天堂

孤獨碾薄的路基承受著呼嘯、高溫、衝動

戲劇不到最後一幕，筆尖下的影子是不會加深的

語言不通成為海峽繼續開裂的籍口

再一次使用後臺強大，再一次螞蟻吐出巨浪

潔白地不能再糾結點陣式印表機難為情地活著

像一個小小地誤會。培根撩撥芝士

圖片上補錄黑白童年狗尾巴夾在門縫裡

所有的咬都出自古書典籍。香煙的療癒辦法

見諸於陶瓷的小心。虛榮為你們補課

而空調之下絕無近現代。渾水推著熱浪養魚

欠條交割島嶼遠望寒山每一株不知名

總是更加淫蕩潑辣，光合作用把所有筆直的光線

弄彎，纏繞。薪資供養雀斑，點點滴滴

被無數人使用過的雪，不可能再一次在我的寫作中遭遇幸運的

冷空氣。被無數人使用過的陣雨雷雨和颱風

趕著歪瓜裂棗的語言——消失

這僅限於洗地邏輯學溫文爾雅還有很多城市的

破牢房和舊看守所吊著空鳥籠，貴客們匍匐在各自

電話線路裡，一些轉基因短信容易使人

患上通訊癌。巴赫擁有的琴鍵允諾著耳朵

交易中經典和經典的對賭遊戲，攜裹在濃重的油煙味之中

紛呈駁殼槍中有細，歹面無聲出軌有禮

短袖良知敲出來喊冤鑼鼓的節拍

夏天把我們運送到廢墟的極端，不等到午夜時分

語言就調出了針對我們的監控

一場巨大複雜，在別人看來渺小無比的遷徙運動

戛然而止。這裡我心虛地沿用了地圖的盲目性

瞳孔吸血……如何在山石光滑的肌理植入一座高峰

人與人重構角度，話音未落，寂寞碎得仰頭便是

七點二十八分看星空在攪拌機裡翻滾細粉迷離

敵不過矜持，恍惚之間草綠嫌薄

請無論如何猜透陌生男女兩杯咖啡裡的預警系統

絲絲縷縷餵食速食麵，騰空一望都在起泡

還在冒。石頭洞穴迸發高潮痙攣

整條山脈配合抽搐，請教上海在昆山哪一邊

時空溺水強烈饑餓縛住了歷史的貪婦

手指破洞，開閘放水。激流敲打桌面

不發光。發出末世嚎啕之聲，瞬間平坦忽而崎嶇

群情激憤往前推進屠刀懸身在彩虹的色帶中

看上去很美讚歎殘忍別具一格

越是有陰風之地越有墜石隕星巫師抖抖索索

叢林深深曲道奔行著無聲物

在金屬的故鄉黃色倒閉，走過的路還在走

剛剛一堆砧板，刀具修辭忐忑放棄命

無數同行者害怕可怖面孔微笑栽在溝渠

裸露閃電的大獨鉗橫七豎八

觸動元素之慟厚此薄彼粗嗓門實在討厭

歷史片段性地踉蹌了一下。十二生肖中害群者

害易經卦象占卜師撓頭到老當一切塵埃落定

突出病毒流布，尚且談不上瘟疫

電影院放映著來來回回猶豫不絕的愛情

冰塊冒出濃烈煙霧，火勢在擴大

作為一種旺盛心火所有撲滅都有割肉飼虎嫌疑

決心提上來作為曇花品種與家族膠著不清

異鄉人走上街頭獻身熔爐泥土裡散發悲樂旋律

註定不能再反腐敗問題上活得太久

焚屍爐架在語言上，排放居於隱喻地位
哭泣。掙扎。終歸於平靜灰渣聚集
撒向鹽，撒向防腐劑，撒向每一條掌心紋路
腺體勃起膨脹掙脫道德人士指責
解放形而上學，結構上嚴謹的憤懣築壩蓄水
潛規則痛不欲生地下沉如魚喪失技能
警覺到木紋裡反射光亮本身具有很強欺騙性
吞噬拐賣執法者呼嘯追捕可能性
末路又往前伸出枝節，神經負荷以其離譜出眾
懶惰的譏諷繼而人影晃動。時間又一次
經庸俗之口說出，噓──，樓梯扭動
屍體沒有復活倒是正在變得肥大。悲傷正是
人性的前列腺疑問重重再也沒有正義可供消費
革命者們帶進各自墓穴的價值觀缺乏澆灌
高談闊論，很多不得要領地張狂葬送本身
透過半爿地球看殘月，明暗部分互相把握
短眉齊齊整理遺容仰望看見滿瓶記憶
翻動。條紋桌布記錄了所有
再度深入爭議絞盡腦汁煙缸發著怪異賊亮
正方體是一種關於骷髏的比擬
口音障礙阻止了發育成長方形的全部途徑
臺階站立也不一定起來旗幟甩動固體願望
把仇恨磨成粉末服用治療仇恨

血管獲得無與倫比的張力，關門像一首詩
切斷語法退路不僅僅是對語言的報復
更是對未知進一步赤裸裸地勾引
就算無辜吧沒有亡者來鬆土嫩芽長出鹽鹼地
第一件事應該忘掉曾經存在過的子宮
也許是另一種形式，也許是另一種介質
也許僅僅是生命的不同構造忘掉的哺乳期
埋葬在虛詞的公墓裡忘掉的繈褓歲月
埋葬在虛詞的公墓裡這閃爍一生蛇形蹣跚
低低盤旋備足命運深邃而戰戰兢兢

2014-7-8那我是咖啡

血脈辯證法

精修泥汙在每一個時刻，遊客謹慎
關閉通往棧前出口我們下沉
用最尖銳的冷靜勾兌人們心目中的破碎
大河變細流經葉脈黑蝙蝠變白

翻騰中找準，翻騰放牧幽憤亡靈
竹節蟲獨白中遺漏掉生活細節
在街角會碰到彌補之人。陌生塔吊
吊裝從虛幻裡越獄的誠實
在不一樣的坦白裡讀吃時代髓質營養

花紛紛關押已經醞釀好的果
抽屜裡再也藏不住衛星雲圖
於是太平洋開始它的灰燼之旅
遇上了，請交納波浪和泡沫的友誼
請把死亡裝進互相期待的信封

不一定門前糾紛露出小災馬腳
宣佈存在的炎症擴散恐慌全城
臉色緊張，他們也並不認識
躺身各自的骨灰之中也意識不到關聯性

2014-7-9大昆國

承包短

承包短鎖進火堆，謠言吹亮抽屜
黃花梨木櫃笨重中飛出蜻蜓
而不是鳳凰嫉妒。我用詩也說不明白
所有草皮背著日常慵懶
還有什麼修建好的坡道供應介質逃亡
集中營裡睪丸彈跳，站在真理旁邊

帆糊裱玻璃湖表面
魔法球溜進小學生的哈欠中，提取的失敗
錯過並沒有選擇到一粒開關
律師不認得黑報紙的行間距
比如在法國，一定有死法
正在向糾結的傳統絞索致敬

偵探夾帶金屬鉗子憤怒於經濟損失
人家是要在折扣裡旅行
灌醉白面狐，把城搬到反光裡
聾子遺傳出來荒原空闊
字和字之間漲潮，兩種語言駁斥完畢
責任制縮起手，棉襖怪不著歷史也溫暖不到袖子

2014-7-9那我是咖啡

經文中露出來的窟窿

蛻皮之後財富住進駝峰
一匹沙漠枯舊後還在晃動
大風卷起三七二十一粒粗字糲詞
時間眯成縫另一條線上
流言並不急於更弦
我寫詩，駱駝就走。寬腳掌
翻動丘陵比生活
更荒蕪的是看不見草原
和水，和水裡溺死絕望
生殖器蒸乾了
滿世界缺鹽
空洞裡天色湛藍
光線踩著縫紉機把雲層
拓補在孤獨駝鈴裡
一聲比一聲可怕的漩渦
追著
經文中露出來的窟窿

經文中露出來的窟窿
都快被堵到了嗓眼
只要有人捧起一把沙子
就能被我凝視個正著

2014-7-10大昆國

七點鐘

白熾燈在子夜時分沉澱出
有層次感的凹陷。蜘蛛不知道這些
順著絲趕製生活艱辛
也有可能蛛絲是問馬跡借貸而來
深陷進溫度升高煮制冤情
在貓頭鷹瞳孔中
閃電白劈向賊船已經仇恨上膛
波瀾壯闊於一樁樁瑣事
與遮陽鏡相比，鴿子處境維艱
鐵籠裡姦情隱現
時局混亂越發加強壓制
警報器鳴響一波一波炸向街心廣場
小腳調製歷史階梯上
不留下一丁點詞痕
生活吱吱嘎嘎嗓眼裡填滿沙土
七點鐘組織好早晨，七點鐘
胃口比地獄更像烏鴉的死灰

2014-7-10那我是咖啡

大學裡考來一群蜻蜓

大學裡考來一群蜻蜓
翅膀繡真理，繡胡亂技巧
燜鍋煮燉樹叢中驚慌幾朵小雲
你說幾簇小漣漪開始讀電視
沉重鋪蓋在天上卷了過來

最要命的假肢別在課本裡
田壟成行，聞不到花香之後
鐵犁翻。誰也不曾知道
多少茺墓地在發動進攻
首先，校園是新鮮的陪葬品

大學裡考來一群蜻蜓
壓低世界觀，他們搞錯屋簷
講堂溫度調節到能夠火化靈魂的位置
順著煙囪粒粒拆骨打散
雨成了辯證法的主角

不過，他們說不出任何關於天氣的流言
黑鋪天蓋地啟動作弊程式中
最具毀滅性的一口陷阱
昏聵之餘瞥見金色光線
必然屬於所有蜻蜓的全部藉口

2014-7-11大昆國

雁陣可能性無人問津

埃米迪鍋換幾嘟閃靈虧

邊緣沉淪發微光，讀酒林

呼禍翻沖秋海還。大捂

黃中透杯三更雨滴芭蕉催

淺運時代苦挖深，碎魂也也

答譏寬密，喊長夜僅錄涸水源

細細促巨絞緊每一磅

陶棄泥紅涮渾歌，打賭剌葷宵

屯笑一冷蹲騎雙椅

或者順邊沿你找幻舉央

饑盆呆缸角，鮮保如吞群凡灰

紅磚砌堆披以鋸齒葉

板尖粉瀝瀝賭泥喪

速度變節挺剌沖向歷史晦暗機心

影重滑路澤省次扣呈

梢不動。拱焊週六欺，所幸

遠顧發清新挫足頁

雁陣不能在同一時刻經過這裡

雁陣驚擺兌陳松帆一滴盡

雁陣赤赤伯裏搖米推

雁陣破房築，壞銀禿漂寒

2014-7-11那我是咖啡

黃金絡石

枯枝上棲落修剪之術，暴雨過後
繳獲光亮衍伸出繳獲一種得意的表態
他們善於變通花器及其結構深處
存在的一線可能。恢弘氣勢失敗了
絲絲繞繞黃金絡石參考我剎那的情緒
清綠披滿雞腿，站在公園裡和樹一起
成為樹首先要被稱之為樹

推敲一隻蒼蠅落在近鄰的白玉蘭上
莽蒼大山也許正烙向瞳仁
閃電、水庫、深水幽藍、震中罹難者
都在其中。推敲有其深刻的歧義
淋著暴雨捲土重來從而是幸福的
不得不承認兩條輪胎蓄養水土
是它們家園。也是牢籠和墓地

磚石敲背，連敲連濕，昏暗沿弧度
令我清醒並在共時發生著另一側
金色刺目，如葉片蓬亂紅莖纏繞
星空擁堵越發爭搶，吸力中保持穩定
格局緩慢撥動磁場。圍著根徘徊
謠言黑壓壓蜂擁而來貓頭鷹
抓緊游絲般的表白機遇，向著黃金絡石

2014-7-12大昆國

抵臉式

節機挨換瘦連倉告親洋，粉渡目
猜施一壺拎唱，該透反貼黃
戴羅起路杉叉冥洞闊開生憐訊
三郵差各戳企圖說不歸
台弓鳥放重立。奏屁繃，肉鼓城
抑嘴束喪窗樹求間絆雨活毒
的酸。年輕姑娘索右筋領才

折紙每春，折紙每春勁。折紙每春
黃刪勁。逮莫科葷，扳陸粗星存火玄
銀河系系帶面投光擼克事
筍架尼巴扔，凶切騰騰綠映茸
舌觸分開捅七黨，雄背凌冰菜
畫意圓，忙抽。撬勺搬平燕錯錯飛
與辱散拼滴朽妻班紅鹵墊

集改痛餿環伍傳弗替，擴凱鐘
塢盡雷喘。晃寐，梯然，奇她，母濃不昨
最太聽聽嫻鬧歡。整早融梗頭
引淡經，論院論掛論買敲及窩
下無登革矛月音疊疊。思嘰眼皮撕其上
印探剮屬甩針恥盒吊，誠掉
奪審幫幫伸業匯濟挪，揣磨挪，誆葬

2014-7-12那我是咖啡

趕苗黃昏栽成老木櫃

喊起來黃昏顫巍巍老而不去
舊光澤贖買氣旋
縫隙裡藏納平原四季，若記得
熟識灰塵渺小如故這記憶
搬弄戰爭在斑駁間
獨自沉澱。那也未必不沉淪
那也未必不能撐大邊界
就浮本身而言厄運獻出自我
故事推動新一輪變遷
悄然擴展至四尺獸腳穩比磐石

帶動綠，行至墨綠，行至面目全非
組成局面這粒子散開不再聚攏
棋子各奔前程世界觀繼續腫脹開裂
嗚呼──開木門。鉸鏈鐵黑
扇形張開濃黴區域
躍過巨型時間，你到底站在哪一邊
顏色忽深忽淺要救我，海盜手中銀幣
有兩面，兩封死亡邀請信
措辭揣摩之間，躍過巨型時間
你到底站在哪一邊。命運忽明忽暗
要救我，海盜手中銀幣哪一面歸結於我？

節拍在晦澀行進之中，看熱鬧星辰歡愉

它被強力攪動低沉撞擊
一束光從嫩苗中躥出來把暗的老木櫃
擊傷。同時，節拍在晦澀地進展
包裹魂靈……嗯，像蛇腹鼓動
青蛙掙扎蛇皮質地的輪廓
節拍在晦澀行進之中，光詭異
傾注老木櫃暗黑發黴的空間裡
漸漸地，有間隔，有停頓。節拍在
晦澀行進之中，節拍在晦澀地進展

無名海無邊大。灰濛濛間塞滿混沌不可知
山林蒼茫石塊裡擠出成群食人蝠
它們通過線粒體轉移自身
而遙遠正在魔術中把它們縮小，縮小
一直到黃昏角落。那喊起來顫巍巍
老而不去的黃昏稀釋它們，勾兌調勻
在縫隙裡藏納妥當。一株當年苗
現今老木櫃。躍過巨型時間
你到底站在哪一邊，要救我，就要
回到海盜手中的銀幣中，就要回到
在晦澀行進之中的節拍之中

一束光從嫩苗中躥出……

2014-7-13那我是咖啡

籠鳥摜猛娼

黑笛患風籠鳥摜猛娼

七支懸常亂，哀敵課紛載無羌癢今
擺罐挺挺羨鄰香卒保湖
邁欠合中渡淳鋼緊軸繞繞行，都或
啞此舍別念汝。潛於換，理催詳
著軟看，瞄質雙指間斷斷

頂起所以。騰攪鮮格攔醋之莽
吼剪多表施機噴水岩
「促濕喊光就在半畝空踹」
疊咖腳帶笑，追牛漫漫藏仙
豁掰肚曬以兼飛創

街迷橫吧野渡蒜驚，後找年
響獨關沒霜拽。大縫合欺柱仍喘
糕轉勞勞敵有諒，旗歸
孰醒格方璐掇梅架怎害迪管蠻
線走，羅淺宮。跌眼川繩局月草在刀

江宜飽，陽燭滿剛淚甩秋滴滴
床分官插梯憫纏左憨
弱謝橋山遠抹虹開，舉刃散

切灰極目煙刺盲。紅嘴盲
范我隆圖薄扯揪河帥忽盲

黑笛患風籠鳥攢猛娼
黑笛患風籠鳥攢猛娼

2014-7-14大昆國

救護車尖銳呼嘯著被堵在人群中央

埃裡俄姆巴格桑，起畏哀裡哦哦
埃裡俄姆多格桑，起畏哀裡嘟嘟
埃裡俄姆巴格桑，起畏哀裡哦哦
埃裡俄姆多格桑，起畏哀裡嘟嘟

埃裡俄姆煮格桑，起畏哀裡哦哦
埃裡俄姆次格桑，起畏哀裡嘟嘟
埃裡俄姆煮格桑，起畏哀裡哦哦
埃裡俄姆次格桑，起畏哀裡嘟嘟

埃裡俄姆弗格桑，起畏哀裡哦哦
埃裡俄姆貢格桑，起畏哀裡嘟嘟
埃裡俄姆弗格桑，起畏哀裡哦哦
埃裡俄姆貢格桑，起畏哀裡嘟嘟

埃裡俄姆准格桑，起畏哀裡哦哦
埃裡俄姆命格桑，起畏哀裡嘟嘟
埃裡俄姆准格桑，起畏哀裡哦哦
埃裡俄姆命格桑，起畏哀裡嘟嘟

2014-7-14那我是咖啡

從一步裙下端開口往上看

景色過度，發出信函彈了回來
被與我們毫不相干的以色列導彈衝擊波
也被高大的里約熱內盧耶穌
地板縮在燈光裡，因為缺少點晦暗氣質
崗瑟屢屢振頗西池，調脆
盲拐鹿，俄扁戰掌遲順豆本差
輕輕的歌生出蛾子來逐分逐秒

忽稀涼居都文擺罵震攤，怪異
面目汲水浮腫，像極了細節的意外
超過了，又不像辭巧阻朵挖坑
繩千轟然。放棄猥瑣，小心機歷經
消毒處理終於在雷雨之後
空闊明亮了。景色過度不包括在內
發出的信函也沒有彈回來

芝考種碧消人尊氣朋九月
布兌，虧曬操彌廂。主厚斬晴關
神聖在走蠟筆端糊成一片
砝碼遭到日常生活質疑，不公平
籠罩在草坪嫩葉上也像霧霾塗抹
隨處都是老裂擋粗捏，隔換桌
三反翹頻想急雨鑽體弓

器官回歸到本身貯存的詭秘。是的
景色過度，發出的信函重又彈了回來
被卑微、不甘、仇恨燃燒釋放的能量
也被他者、不知其名者。遇星滑前番
白邊肥背扣扣吉行躥，歹蓄歡
船炸冰洋介高樓產乎肆敏痕
地板縮在燈光裡，終因缺少點晦暗氣質
不由自主地明亮起來……

2014-7-15大昆國

外星人研究

尖尖的屋頂

他們都在說霧霾。我卻說尖尖的屋頂

在戶名時代，尖尖的屋頂
順著1836年9月的一道植物葉片中才有的法令紋，它擠進了具體
　　的某一棵樹，做了這棵樹一生中唯一的屋頂。

實際上這棵樹它一直活到現在
並通過花花草草通過那些螞蟻那些灰塵
流浪到我的感覺系統
是的，它像鐵軌一樣紛亂

但是它目標明確，能夠準點到達
不過也有可能是1945年戰場上
最後的一輪末日重新升上了我的額頭
早上9點鐘你能感受到的光芒
一定是能在槍火中再誕生一遍的血

啊啊啊！我要瘋了！明明我在說
尖尖的屋頂

2017-1-4

激動得就跟被埋進一道冠狀溝似的

你們六個爪子兩個角
你們說好的房子又一路跟著幽靈跑回來了

激動得就跟被埋進一道冠狀溝似的
活的埋進去的！活出了死亡的火鍋味

茫茫黑暗中，我僅用剪去的指甲航行
當多餘的指甲長出了王法的邊界

就會被一把鋒利的剪刀剁離我的身體
我的航行就在我的指甲中開始

廢棄的指甲正是那宇宙的一絲微光
如果圍觀，可能會把你擊中

也有可能把我擊傷，也有可能也有可能
純粹就是幾個被我拋棄的指甲

分別沿著各自的航線去遠行
它們或許曾經構成過一次九十度夾角

2017-1-4

雷同心裡濕

像是，一個還沒有完全長好尾巴的海盜船
進攻了兩粒灰塵
請記得它們是用微米計算的

敲擊高矮胖瘦，他們站成一隊
像幾道生病的強光穿過了厚重的塵霾
事實上，源頭就是一堆石頭

各種奇形怪狀的洶湧、運轉、自我撫摸
能夠抬頭仰望到的它們都在撫摸
那些閃閃發光，照亮夜晚前進道路的

都是那些同性戀的石頭
雷同心裡濕透了的政治傾向獐頭鼠目著
都有一個共同的名字，就是撒幾把玩意

2017-1-4

文本細哭

燈泡瞎了一二三四五……
古銅的色澤，花瓣一樣的形狀
呼喊你系嗯在呼喊細胞壁裡
充斥著水立方一樣往外支棱著的肌肉
金屬骨骼長滿了塑膠牙齒

大海裡貝殼們正在倒扣自帶的鍋底
那些，從微塵裡洩漏出來的談話
像空調不斷朝你吹送冷風
呼啦呼啦，呼啦呼啦
幾把屠刀，往下滴著血
你，又充當了一次漏雨的屋簷

這恐懼呀漫無目的、毫無方向感
這凌亂的恐懼呀，像一道鹹菜，像一道鹹菜
被醃製的太久以後
兩條路不再平行，它們構成的夾角
裡面藏著臭水溝和死貓

鄰居家的三棵小菜和兩畝地
紛紛拿起主人去抵抗著那些牛犢
那些舊文明時代的新石器

那些新殺妓時代的舊文明
反反覆覆通過波段和波紋去腐敗和通姦

那些已經被豢養的老虎、雜種和總統們
在溝通！哎呀，長得肥頭大耳
整天站在麥克風前講話的舌頭啊
你們是否擁有泥巴一樣的心臟以及
那些水到渠成的罪惡

嗯嗯，都是最好的，壞蛋也是最好的壞蛋
那些念佛打坐的塑膠、爛棉花、燈芯絨啊什麼的
那些在展廳裡被掛在牆上反反覆覆兜售自己的人們啊，你妹應該
　　被發配到幽靈的事蹟報告裡去
然後再派你們去臭水溝裡遠征
等待著復仇者找見你們

候在城市的心臟病地帶被別人的牙籤剔來剔去
甩到更加骯髒的垃圾堆裡
它們共同構成了這裡的夜空和天花板
雖然充血，雖然暴政，雖然，他們整天在放屁，但是，這樣的空
　　間這樣的結局
隔著濛濛細雨，我們還是能夠感受得到

2017-1-4

細枯黑，暗旋轉

花瓣中磁性加熱充滿，翻箱倒櫃
栽蔥過小年。臘八上午一屋子黑壓壓的空旋轉
空旋轉其實就是暗旋轉

細枯黑就是兩個不搭界的宇宙
他們互相之間的攻擊
所產生的能量，這樣的能量充滿了我的一切

廢氣？事實上，那些零星的暗潮
被你吸引，被謊言所干擾
你們讀我的詩像個被騙光智商的傻子

你們也正在塗抹著那些該有的一切虛偽
戴著面罩。是的，我正躺在一具龐大的棺材上
看著你們翻轉興高采烈

2017-1-4

舌毒蔓延

曲水嫩骨於細碎的綠
每一次想翅膀都產生幾個破洞
裡面透著一些，暗暗的燈光

如果說每一個螺絲釘，都可以
像麵條那樣，充滿了仁慈之心
世界還是有希望的！就像舌毒蔓延

一次未雨綢繆的病灶
然後死於一張手術臺蒙塵的縫隙裡
手術刀被法醫用來剔指甲

這樣荒誕的歲月，終於透露出
紫外線所輻射出來的一切具有尾音的
甚至帶著有點喧囂的、曖昧的窮凶極惡

2017-1-4

淫姿裡①

影子裡又一次頒發出駭人聽聞的爆炸
引資理由一次辦法出駭人聽聞的爆炸
銀子裡有意此般發出駭人聽聞的爆炸
淫姿利誘以此般發出駭人聽聞的爆炸

實際上，所有的窗簾背後
都隱藏著幽靈，所有的幽靈背後
都隱藏著影子

影子裡又一次頒發出駭人聽聞的爆炸
影子裡又一次頒發出駭人聽聞的爆炸
影子裡又一次頒發出駭人聽聞的爆炸
影子裡又一次頒發出駭人聽聞的爆炸

2017-1-4

---

① 地名。「裡」的意思是社區的另一種稱謂，很多80年代的居民社區叫做
「裡」，例如「幸福裡」「美好裡」「建設裡」等等。隨著時間的推移，近
年來，又陸續誕生了一批著名的如「淫姿裡」「霧霾裡」「雷洋案裡」「擼
起袖子裡」「不予起訴裡」等等標誌性裡。

處於暗中，無法知曉

鼓動腹腔、喉管、聲帶
向你們發出我想發出的聲音
實際上每一句說出來的話，
都帶著金屬的攻擊性，閃冷光

在每一個王朝的沒落階段
都有一隻蟑螂，跛的腳
它會說，這樣的霾雨也是俺幹的
大山裡淶濛淶濛的，淶濛也得聽他的

不不不，這裡不再有野豬，也不再有獅子
那些像樣的老虎都已經脫胎換骨
正宗的狼嚎也會被過濾、刪除
它們走進講經堂，敲木魚，說人話

所有的人話都是瞎話
那些聾子啞巴依舊都是瘸子
在泥土下曲著身子往前挪動的動物
不一定是蚯蚓，也有可能是你我

甚至，那些泛著海腥味兒的
帶有一點毒性的漁網

撒布在我們四周，金屬的鉤子？
金屬的鉤子啊，過兩道門再過兩道門

所有暗渠和囚籠都已向我們開放
在門後、燈光下、包括誰也不知道的暗處
瞳孔裡發著好奇的光
這些危險的，這些不可一世的光

是那樣的野蠻，透露著紅木的質地
以及利刃的血腥
是的，每一塊砧板
都充滿著大都會一樣的繁華、喧囂

那些煙囪、霧霾，版圖，那些黃色的綠色的
那些揮舞著手指的毛線團
通通都在纏繞它們。通過纏繞，把說不清的東西
掩蓋得更加嚴實，讓你順著一根絲，走進謎團

謎團的核心，你永遠也抵達不到
所有的定位都是無效的
那些所有的位置都是假的都是虛妄的
你看到的黑洞看到的宇宙，你看到的星際穿越

茫茫塵埃……
唯有死亡才是
最最深刻的病人
發著溫暖的、放棄救治的光澤

2017-1-4

沖和碧綠

蔥和碧綠正在暗處換槍

帶上它癲狂兩步驟

實際的傷，在兩道溝和三棟樓之間

蒙面發射出紅色火焰的星球

吞噬你的模樣模樣

帶著54畝無性的那些妖怪

啃桌腿，哈哈哈哈，是的

鞋帶纏繞著那個夜晚的燈光

就像午夜裡的大街空無一人

但充滿了外星球的木頭艦隊

事實上在兩道牆壁，和兩個刀刃之間

一條傷口活得像一場愛情

這碧藍的事故總是把我們

賭進一幢無底的深淵裡

2017-1-4

佩蒂亞號郵輪上毒物質

蘿蔔帶地翻紅牆，膀子麻了
順著兩根吃播的鐵索
庫奇馬拉斯蒂亞是我的國籍
低毒。無糖。焚屍兩個船
床空浪浪屁大漢
這兩個，戶名裡那大，那大
那大海浪呀，肥鴨鋪地都五落個DC
都把自動劈兩種，連這
兩個都胖胖的，都跳躍
像急速波浪瘋狂的轉動
能力是攪和在裡面來變成肉漿的
政治，嗚嗚嗚嗚……
科學神經外科宇宙黑洞地球
那些統統的統統的攪動著
一鍋渾水裡，佩蒂亞號郵輪上毒物質
也不再獨立設計，兩根蟲子是
歡歡跳跳跳死的呀
要是不累的話，我還有得跟你說

2017-1-5

結構性妖氣

結構性妖氣沖天無有閉路重啟跡象
紅色的看板藍框框比例與范蠡白通體
看紅色的建築物呢，冒著尖尖的小角
鐵質樓梯還能整數在出口處

啊！那出口處被雨水流得滿地都是
玻璃泛著綠光，裡面還透著兩座墳墓
和一座紀念碑硬生生套上本命年的紅褲衩
在宣化隔著雨滴，有斜度的玻璃

透過那巨大又無比令人心碎的天窗
啊！盯著陳在發呆，嘟著小嘴
兩手拎著兩個宇宙，它們互相平行
哦又到了幾個主意義犯傻氣的時候了那神經

尾燈紅眼明亮，枯枝壓帽子
交響樂的新年鼓聲，透著兒子他們飛滿了
整個穹頂式的劇院，臺階一級一級往下遞送
則無魚無肉。則送走無憂無慮生猛灰暗

2017-1-6上海

綠色塊兩個方孤懸

雅典黑一色履帶，白隔離帶相伴毛線
一塊巨大鐵板平行站
離地二十公分往前行駛
刮雨器氧化郵寄兩棟樓
中間有一個掛遊戲
裡面還冒著綠色冬青樹嫩芽
「還是春天的？」它是春天腐敗的產物呀
兩個人在互相上述提及的兩個指頭的影子
哎，實際上他們苛責歷史
其實那兩個路燈杆也有點被他們扳直了
她原先是外貿的黃的圓弧式的油罐車
在兩個方形三角的輪子上，冒出圓形的傻氣
內部放出的憂鬱症帶著婦科病的味道
哎呀，那有點像沒調製好火鍋，拜拜

2017-1-5

沉默進入圓形鐵杆

打建設裡爛漫的枯黃，枯燥
有時無邊無際的大海
從地上冒出來兩朵
是奇葩。他想兩個政治家的曖昧和
機場過道裡邊那些陌生的
陌生的微笑中，夾帶一絲香水氣
這是海關走私奧萊的輪胎
映在地上的痕跡嗎？雪地中埋藏的
兩個殺手一樣的尤物
那是兩朵變態玫瑰花
他，跳躍著衝鋒證書，還有一秒鐘

2017-1-6

反販賣遊戲倫理

白色遊戲裡面寫著規則鐵門
薄薄鐵柵欄，按照資訊的行距
往前才分，綠色的汽車
成群結隊他孤獨得像涼拌馬
但至少頭上做烏鴉的巢已經在列印

在烏鴉的頭上，有兩個印表機
複製著一輛黑色轎車，那也像是
大海中莫名失去很久的飛機殘骸
那是兩個敵對的啦，不懂護理大樓
為第一二兩隻鞋子，裡面放兩小兔子摳眼屎

鼻涕蟲污染中環一環套一環
的圓形，你說我這是頸椎病似的黃浦江啊
鐵欄杆終於跨過河面上冬天裡的一張白紙
它第三行分出了兩棟樓給你們救助
不是免費的午餐裡面帶後視鏡

那是舊石器時代的山水畫
哪種魚糧都差勁了，大清王朝
五五炮臺上還遺留著2076年的黑
她像一隻鞋子的大耳朵

裡面偷渡出兔叫。還有鼻涕蟲
爬呀爬呀兩隻蚯蚓在漫長的天空裡
把整個夜晚扒得像燈泡一樣圓骨光滑
冒著頭頂上的冷氣
汗珠灑出來就是這個世界的缺點

2017-1-6

荒留油

紫色菲菜，劈腿
要平面，兩根樹樁
這是啥地方？空蕩腔，灌水噴
流入大海漸漸似蜜糖
還只露弟弟亞信來
又是一個圓形的錶盤鬧
鐘滴答批量軟座椅墊是這啦
痕啦，綠色版，看一下來往了
呼啦呼啦聯繫你放心
關上門揍敵客，怕了
「你又打噴嚏是不是啊？」
「請問你叫什麼名字啦？」
前方三百米，有網友目擊拐
彎點屁股紅色鐵
砰的一聲插進老衣角
四九年，講話太鼓打的哈哈
那就是紅子韜連當
比分兩名差一分兩岔
站在街邊紅燈晃
冒出紫色的花瓣在冬天
初六的晚上，哎呀，那六十個太陽
集體打包販賣，通過快遞
手機裡的程式又儘快
葉子滿天，反鐵片

2017-1-6

兩塊舌頭劇烈撞擊

還抹綠藥是表情，上
來一定很燙，過十六，跨柵欄
快炸了。亮黑，腰殺霸就好
粉蛋，綠色傘，你在後面磨腿吃麵包
哎呀也快步我要兩個輪子放的拽
抬頭，那高架往外溢出的天空
裡面盛滿細枝末節
四子摩羯在幹什麼我在回答你
湖北湖南都很辣，事實上我前方
綠色被吃掉，他的兩塊紅票子
跨過欄杆圍站，按照規矩
他又重新超車。是的，鼻炎以後不可能再翻啦
那路過公園的地方有兩條交叉的賽車手
在用路燈杆的心臟造影啊
「哪有測的？」「黃龍？」
是左側第六個紅的，以表情啊

2017-1-6

對導航的再導航進行反租歸宗

愛你，啊，那世界上啊
從鮑勃的圈穿過去
他就有斑馬線
你說的微博是啊
你那個豎起來以後他的號碼寫你剛才
是不是登微信
回到這個生活的趣味啊是不是啊
那你剛才我在跟你說
話呀現在我也正在說話呀
欄杆上掛著兩個方皮的包
這個是正方形的皮
做的正宗的手工縫製的
用膠水凝固以後煮湯喝出來的包啊

2017-1-7

高妓瘂

密密層層的，黑米麵透著悲觀
兩道路口，我看著像變壓器
他那個薄片貼貼的
哪有個小牌子，粉色
那種發黑的柔粉色皮衣
密密麻麻整齊劃一眼望過去
非常壯觀，屋頂上還帶著
跳出了一排的鼻竇炎，
跳出來一排比對
而實際上那個好多了
那你有點背薄薄的紙片
說固定的前科，這人他都不一定是
非常的愛你，然後你會有一些
類似於中南海式的攪局者
他陷入了，亮燈，高妓瘂

2017-1-7

和大佬鐘在大佬胡家看動畫片

又啊？五，媽媽，月。呢

裡，啊，你，只

好好，是，我，女兒，我

還，好。一。。沒發貨

你們。。上海。其中。。。

孫，這，啊！五，我

要。呵呵，啊？哦搞，哦，來，啊！

一，好，在，網，啊

熱電個土墩，我。話，二。都

你。三，我，啊，美國

三我開啊！不，五，啊？

五杯鄰居。也沒錢

沒有，啊你猜啊，你們

的。的。我玩。。一

信息，話。。嗯，中，我

為。也，別，關掉

打開，啊？怎麼，啊，嗯。。。

嗯哦。。。天。一，知道

今年招十幾年。嗯。。煩啦

哇，火車翻車了

後面兩節車廂拿上來

順著這個彎道，他開的很及時

金色的褲頭子啊，這是。。。十

八。嗯。投影儀看啊

投影有高清的。。很。嗯

侄女今早值日，峰穀，蛇，蛇雞

你一女孩魅力呦

2017-1-7

帶臉昆混一吃

蠢豬茉莉，兩帶刺我結很差
放逐你一刀七七哥，水噴
豬蛋飯畢嫂，使之，繼虎來對蹲
狗屁亞去橋頭，大橋頭
是准，兩筐，一騾子
台莊裝燈嗯，是長臉，蘭花
紅手套實際上在六樓
返回一樓，他不停的噯
兩個鳥，叮噹，苦思苦婚
反思滿虧處理呀
滿天雨將連平
水準在浦東，嘻嘻那悶裡睡

2017-1-7

壁虎透明

壁虎透明安靜甚至在剎那的一刻
我懷疑它停頓了呼吸心跳停頓了
眼珠的轉動微風也不能使它身上幾乎
不可見的絨毛有絲毫波動我懷疑
它竟然可以屏住它自己的邏輯思維
牆面和地面構成九十度夾角並在裡面
灌滿了這個時代惡俗的審美意識形態
鋪展開來顯得無邊無際無法無天

2017年1月21日董浜

倒出一地語重心長

蜜汁纏裹，你終將錯過你的道路
冷風像針搖晃黑戰艦
對著街頭狂刺，這一列
哆嗦顫抖星空倒掛
蝙蝠拒絕交易砝碼亂成一鍋粥
辛辛苦苦推動輪子向前滾去
臺階浮上來綠色幸運藻
「砰──」一聲熟人像氣球
爆破他的往昔
乾癟纏裹，你終將錯過你的道路

2017年1月22日南京

一筆勾銷

空調劈裡啪啦灌氣體
加熱調製碎片亂飛國度
煮沸一邊急速傾斜漏斗狀
水柱自成體系像邊緣一以
貫之的修辭辱沒這些友誼

花腸子講金剛經
斷定時間沒有鏽跡但記憶
差錯遭到兩聲冷笑的篡改
通紅通紅夾緊一點可憐
哪裡還講什麼自尊心

兩點連不成直線問題
在於找不到一條
敲擊碰撞那沉默裡瘋轉
圍著棱角轉，磨損
出錚亮的一筆勾銷帶刺

2017年1月22日南京

雙方舉著縫

裂開雙方又分分合合在對砍
一道語言剛結痂就遇見
新的過年隊伍。大軍開上斜坡
嗅出碎片狀的發展意味著
城市裡不再生長舊道德
霧形框鋪末冬殘陽
幾畝胡亂捲起來順枯走絕地
迎著兩刀互相對著冷
每一次「當」垢面露白癡
屋簷象徵扛著壞瓦奔走呼號
曠野站列車轟鳴噴距離
像膠水雙方舉著縫
越來越遠賣時間者不知所蹤
提膝極目已經到處茫茫

2017年1月22日南京

大魚泛白光

大魚編白線順著色彩溜足走遠
再提煉小舟撓到的癢
嘴邊圓圈瞪大巨目又過一年
姑娘戴閃電採蓮蓬，這幾幅
舒坦斜穿一屏。橫開臂膀撐繩
下垂到底端，那裡浮淺著泛藍的
暗黑，四下水聲加重向深突進
紅脊背馱著空找你
兜售帶棱邊的層次感
分明是零下四度的鐵渣
嗷嗷成人形，你說著走形的經文
再提煉小舟變大船駛向
泛白光的宇宙誤闖太容易消散了

2017年1月22日南京

七十三條街凋零一朵花

順光而下傾瀉於不知所措
在漂浮而言的真理奄奄一息
之際把稻草夾進兩片薄薄的絕望

嗑開一滴水說堅硬現實
燙著眼皮底下辛辣嵌套著
與生活保持一條街的荒蕪

午夜腿山腿海地擁擠著等黎明
希什麼望也得擴散著把自己
演算進層層疊疊新關係

再說存在。呼嘯並不等於容量加大
的壞脾氣海洋。一葉城市開進去
頃刻之間傾覆的海盜扁舟不忍睹

2017年1月22日南京

甩手一大片屋頂

扔一副炸彈紙牌接住司令之手
握出燈火斑斑大家喝酒
聽火山從兩排牙齒中向外爆發
向鐵柵欄學習一排冷冬中
搖擺異常的梧桐樹
清理出來用於仰望的天空
被不規則的月亮複製黏貼得到處都是
脖頸處擠滿公車的嘈雜把
兩行歪走水泥道的迎風跑人群
丟進陌生巷子。那種黑不可描述
過於詳細的牙籤伸進去
你是被逮個正著那一粒新年牙慧
命運笑話你的同時甩手
又是一大片貧瘠的屋頂

2017年1月22日南京

左偏旁

從天上噴灑一噸重左偏旁
救濟命運，但仍然葬送於自信
深溝變淺之前防化部隊經過
那個曾經被稱之為詩的廢棄大宅
星光痛哭流出門縫的涕
重組了一套班子，重煮了另一噸左偏旁
但仍然葬送於自信
粉紅色棺槨撬動起來
側身翻轉猶如鈴聲響個不停那樣
毀棄所有準備好的壞心機
「就是這麼自信」
「沒辦法」說著說著周琦①又去搬運胖妞
如轉動無名指上的婚戒那麼輕鬆

2017年1月23日董浜

---

① 周琦，1984年生，獨立出版人，寫詩和小說。

雨點留斑

芹菜拖動金馬車去擦半個月前的
雨點留下斑。有人終於輪到
開口喊一句「疼」，轉眼就到了
二十三日。開啟大門鐵塊離開原籍

在夜心裡挪動發出天還沒亮的動靜
雨點留斑傷害一隻陳年老狗
他並不是肥胖慫恿著守衛一口腔碎齒
也鋒利得舊人都曾忍受過攻擊

我們都應該好好相處把
洗得發白的賀卡穿在樹梢頭上
鼻音濃重地再拒絕一遍
世界就會是你的嗎？雨點留斑
留下沒有答案的髒兮兮

2017年1月23日董浜

用一張臉翻譯出主心骨

蒼白裡忽然一連串黑子細密

移動中速度遞增唱雙簧

演奏那空腹裡壞水成噸

是的，說起曾經浪中泛沫

沙灘走進電梯上升中

一個醜陋的大海在短信中風起雲湧起來

不符合蒼白裡忽然一連串黑子細密

的原則，就等於不符合蒼白裡忽然

一連串黑子細密移動中速度遞增唱雙簧

保守議程篤定在樓中揭曉

出另一個伴侶一樣的首鼠兩端者

蒼白裡忽然冒出一張臉用著另一根主心骨

說三道四怎麼翻譯都是NONONO

2017年1月23日董浜

小嫉妒

地氣收斂穿紅衣服跳屬虎

遊玩中花斑毛皮暗淡

公園一處鬥嘴失敗龜縮方寸之間

樓宇裡陰挾魔鬼外道

它長著熟悉的四肢如庸人倦怠著

建設沉默大廈泛油光

道理中露馬腳就像是

長江水裡不著邊際的渾濁

一走就是幾萬里失望拍擊兩岸

多出來一腿飛擊半空

不過是雞年四濺殘剩的小嫉妒

談一談，雞年四濺殘剩小嫉妒

多出來一處地氣，多出來一腿飛擊

2017年1月23日董浜

語言膏

謬誤伸腿幾哆嗦換一桶語言膏
試著往下說，張口用橡膠墊圈
塞住牙縫深處的漏洞從而為
下一個出場的儀仗隊準備漂亮
讓它不至於到處洩漏
花哨臺詞針灸著這一頓
陌生人接觸帶來的負作用和不適
語言膏要塗抹均勻
注意避開重力的原始程式
去年冬天醃製起來的幾句客套話
拉出來派用場參與下一秒
註定要猝不及防的一通亂塗抹

2017年1月23日董浜

感覺的系統性紊亂

攪一下平地欠著的髒水
投票梳理新流向
邊緣石子清晰可見
並不含糊的是雨後這裡發出信號強烈的
土腥之氣。捉弄故鄉帶給
城裡人一碗細碎玉米糊糊熬粥
劍拔弩張的數位組合
用仰泳抵抗背部大面積虛無縹緲
攪一下平地欠著的髒水裡浸泡
多時的歷史菜梗一樣散出
塊狀石頭根莖長大成山成峰的氣息
成為攔住隔夜的光餿掉
也要照進今天的無人空壙
圓錶盤裡兩根金屬針玩劈叉遊戲一秒一秒
把你們的人生劈得乾乾淨淨直到一絲不剩
重新回到攪一下平地欠著的髒水
彷彿鴻蒙又一遍開啟陌生人拖著陌生人進化
你一會兒感覺你都在
你一會兒又感覺到你都不在

2017年1月23日董浜

於木頭而言

斧子劈柴
斧子在木頭的截面停住
順著銳力的方向木頭分為兩半
斧子不停地劈
木頭由一塊變成兩塊
兩塊變成四塊、八塊、十六塊
越來越小

於木頭而言
每一個更加小的自己
都是更加完整的自己
劈到不能再劈
斧子鏽掉
無限小的每一塊木頭
從而都得以成為全部的木頭

2017年1月26日董浜

舊陽光翻新

瘋頭瘋腦瞎懸掛

隔冬柿子樹三兩葉混碎瓦片

泛白水泥澆結成路

每一條闊邊大白雲沏藍天

在老木頭堆疊的寒氣中

你算計黃宣紙兌細土粒

新衣服搖擺道路上充氣

鵝群甩甩頭一二三

香煙把毛竹梢頭往上又拔了拔高度

追逐著紅衣服的兒子

穿進弄堂喊聲把一河水抽乾之後

散步變本加厲板起哲學面孔

鐵塔用影子往地上插

一月行將消逝錘子敲打

釘子刺牆大理石躺平而無動於衷

2017年1月26日

改裝之後的言不由衷

肥屋頂一家比一家更新鮮

泥土翻上來排排坐

鄰家六隻雞被偷盜賊留下三隻

嘴角就漂出乾巴巴微笑

整齊或許是被水泡得發黑的木樁們

現在唯一能夠遵守的了

鍋不動瓢不響

也是一種風平浪靜法

鍋不動瓢不響

也是一種死裡逃生的倖存法

2017年1月26日董浜

錫質煙缸

投射出來的城堡可笑

還有大炮垛

花崗岩鋪墊你重複關心細花紋

框邊用綠漆

陽光大舌頭結結巴巴老半天

嘈雜把內心捂出餿味來了

所有自由像壞燈泡

不發光

才是黑暗真相

2017年1月26日董浜

拔腿戳烏鴉

細鳥雀發鴨子嘎嘎的叫
枯老柳煮三級嫩春風
白髮頂住新年快樂
陌生人電話抖一抖竹葉要泛青

精緻琉璃反射一頓光
虛空裡認出來的屋脊上
冒出熱蒸汽。鋸子斜放
拖幾根咖啡紅線掛年畫

圓拱門。金剛經。大白菜。金剛經
呼嚕一聲金剛經。金剛經
拔腿戳烏鴉滿院貼福祿
圓拱門。金剛經。牛乾巴。金剛經

2017年1月26日董浜

發財黃楊①

老婆路過村子裡的公共垃圾堆

看到兩棵根系完整的樹

回家喊我，我開上爺爺的電動三輪車

去把樹拉了回來

在家門口的田埂邊

挖了兩個坑，把樹細心地栽好

唯一不好的是，今天是大年初一

我的鐵鍬一不小心把一條蚯蚓

挖成了兩截

看到土堆裡各自狂亂扭動的兩截蚯蚓

好生愧疚

阿彌陀佛

為了彌補過錯我把兩截蚯蚓

一併埋在樹根下

指望它們能夠活成兩個互不相干的蚯蚓

這樣的話，一個變兩個

雖然它們疼了點，總比死了好

傍晚時分奶奶問這是什麼樹

---

① 發財黃楊，即黃楊樹（學名：Buxus sinica (Rehd. et Wils.) Cheng ）又名烏龍
木、萬年青，常綠植物，地生。枝幹近圓柱形，小枝四棱形；葉對生，全
緣，羽狀脈；花單性，頭狀花序腋生；蒴果近球形，通常無毛。花期3-4月，
果期5-7月。葉倒卵形或倒卵狀長橢圓形至寬橢圓形，長1—3釐米，寬7—15
毫米，背面主脈的基部和葉柄有微細毛。中國各地多有分佈。因枝葉茂盛四
季常綠也被稱為發財樹，或發財黃楊。

我遠遠聽見老婆說：

「發財黃楊」

2017年1月28日

爛柿子

爛柿子漂浮在小河裡

長出了毛茸茸的白邊

風掠過水面時會緩慢旋轉

來回移動，像神仙在雲端散步無拘無束信馬由韁

現在已經開春

想起來這只柿子沒有被人吃掉

而是泡在小河水裡經歷了整個冬天

做了柿子中的倖存者

同時也是一個被遺棄者

爛柿子漂浮在小河水裡

你怎麼知道它就不會思考

你怎麼知道它就沒有情緒

你怎麼知道它就一定是爛柿子

萬一它就是一個詩人

盯著岸邊的我，它覺得我才是爛柿子呢

萬一這只爛柿子像神仙一樣

看到我，引發了它的胡思亂想呢

萬一這只爛柿子

用它的方式，用它的語言寫了這首詩呢

2017年1月28日　董浜

正月初一

掐頭去尾之後，好好的一條銀河
開始學習蚯蚓的抽搐術
一鍬下去，泥土翻上來泛出半截
小銀河。宇宙滴血，群星慌亂

2017年1月28日董浜

誤入塑膠大棚培植的錯誤

乳膠繡球貼牆角滾動
借力翻窗外樹梢和屋頂
玻璃響，廂式貨車裡蹲滿幽暗
氣質焚花煮春風抬抬嘴
快速閃動著帶角度的餘暉

2017年1月29日八巨

玉民村氣象

金屬牛角喘粗氣，從納粹的河心
突然支棱而出……
頃刻之間此岸彼岸合為一岸
黃燦燦元寶融成故國河道
進而澆鑄成英雄火化後的骨灰
被主義肢解，稍長一點點指甲碰屋簷
小雨下給那些長著驕傲媚骨
用剩下幾塊舊磚砌新人間的奴才
搓揉命運游絲
兩張薄鐮刀戴罪立功
金屬牛角喘細氣不過時
夕陽拌雪。氣溫佐證著現代主義
從光鮮到坍塌
水滴們從此，各自穿行在人馬座星雲邊緣

2017年1月29日八巨

回憶在南京看的一場電影^①

黑框眼鏡擠亂白銀幕

陣陣力泛起波濤

拍擊五個人呼嚕

回憶一場酒局

像是在柔軟賓館裡的休憩

側耳細聽，鐘聲裡煮爛

一鍋火光甄子丹在幕布上

賣力呼應著醉意

——那是在一月。現在是二月

2017年2月1日八巨

---

① 2017年1月22日晚在南京和耿忠、耿東、朱德勝、王強等諸友酒後一起在《星
球大戰：俠盜一號》放映現場打呼嚕。

從邏輯裡抽絲

九畝空喉不栽秧混沌
厚汙滿滿水一地聲

碎花鑲帶金屬旅行鞭
抽風狂吼筐筐慢

沿著泛泛光澤石級上升
觸觸碰碰森嚴中有人顫慄成性

僅僅用一根七歲的手指就想蒙混
成噸角鐵馱在蝸牛背上向高壓線要肩膀

2017年2月1日八巨

縫合滲透

齒輪伸出軟舌頭舔它自己胳膊肘
縫隙裡全是窟窿和小獸
輪胎滾動出來的八字步和酒糟鼻
蓄水時猶如楓樹翱翔南柯一夢

2017年2月1日八巨

亡父的獸醫學

收拾扇扇門傍天連串
年代久遠渴撐風橫窗
蹭掉一塊太陽皮
逮住麻雀旋轉鑽小洞
禽獸厚實漫山遍野猝不及防
緩慢滾動著消逝
以及父性的幽光
正月初四小雨夾雪混高速
向陳年的鹽城裡禿扶歹歹
狠抽不達，夜久遲遲歸卷門

2017年2月1日夜　鹽城

宿雪

飯片墊，純合之症蓄起燈光
來節能且住行更湯
散米順昨日線性燭照
僅僅是剩餘的羞恥學
連線。你笑著把唇鋒
埋進宿雪之後
反而顯得饑腸轆轆疲憊不堪
這個時候總是會看見
力學匍匐在向上的臺階上
不厭其煩宣講原理
磁鐵出賣的消息終歸於
它自己的吸附能力
河面結冰，飯片墊著胃
不能拿它們怎麼的是倖存的真理

2017年2月2日　鹽城

易開罐形而上

肚臍以上修建城市
白茫茫蒲公英虛以委蛇
讓更多的廢墟往小腹以下集結
重兵壓境之後再呻吟
這是所有詞語用同一張嘴
投票過的行為規範
行刑隊用口活
溫暖滑動劊子手的陽物裡
氾濫的春天
「新年快樂」從而也沾染著
縱慾過度的獨裁者本色

2017年2月2日　鹽城

藕片灌流

串通一氣兩根沒心沒肺
互相平行

肉縣骨頭鄉紅屋頂上
全是二戰遺漏的血

當歷史並不容易
黑色素沉澱出的死亡斑

逐漸控制了這裡的一切
遠在白雲露出兇險機鋒之後更加慘不忍睹

2017年2月3日　東坎

主題式行宮的蛔蟲緣

彎曲首先是必經之路上一道
難以降價跨越的陷阱
塌陷一樁陳年愛情餿味自知
人山人海的校園
綠草地收割安全感
從內心收集來的恐慌在三十公分見方
的窗口內向上捲起
「陌生人，早上好」這是一行又一行詩句
一組又一組特工們
迫不得已繳械投降的黎明
恐怖主義首先根植在懸線的一端
而另一端與陣亡的蛔蟲
都有著隱瞞不了的緣分
——主題式行宮，恰巧就是死神的大雄寶殿

2017年2月3日　東坎

從爆炸瞬間回頭研究語義背景

成語咬緊過的語言都有一片
沒有邊界的荒野背景
現在好了，犬吠用80度的湯水
炮製日常瑣碎比時鐘的滴答
更具備臨床療效

如果八隻腿也是你曾經伸出過的
每一道窗框上都註定了有簡約
風格的紋路，此地的濃黑
比醋意更嚴酷
等待從而像是停不下來的鞋帶

越繫越緊。燈光打下來
弄傷的手指裡暗藏的秘密是
世界地圖也不懂得囊括的
函數以及計算公式
間隙就是字與字之間

形形式式的標點符號
也許比一艘塑膠質地的愛情
更虛假，宇宙拿它們
通常也是束手無策之後長久的沉默
像一篇臃腫又凌亂的散文

大會上宣佈過的花朵從此
缺斤少兩地活在二氧化碳之中
人與人之間，關係與關係之間，鐵與鐵之間
有溫暖就易燃進而當別人醉看滿天煙火之時
才知道最最悲慘的現場爆炸

2017年2月3日　東坎

聲帶傳輸著滾動

花條紋煮格子
鳥盡弓藏刷恥笑的卡
啤酒湧動中
沖出一彪變質岩的碎粉末
到底是在顛簸的革命牛奶下
長大的椓子啊
排在第一個爛過之後它就是
不堪往事和記憶本身
秘密裡的冷零下四十度
長著鋼齒吞噬它自己也是盡本份

2017年2月4日　八灘

假肢的分鏡和下水

連續帶動跳躍
猴子們響起野草莓的葬身之音
偌大的眼眶裡往下落著
無意義的灰質皮屑
在引用中有多次被迫和假肢
交頭接耳，在引用中另有
多次被迫叉開雙腿迎接
勃起的分鏡頭
只剩下淫蕩的濕氣浮上
祖國的大腦門
目光呆滯並不是法庭上
冠冕堂皇的辯護理由裡
榨出來的遠航船隊披
著真手指撫摸過的二月四日晨
跨過腳手架之後
黴爛更懂得腐肉裡蒼蠅的
團結要領。豎起城市暗影裡的
貧民區的衣領
揚眉吐兩顆邊緣鋒銳的自製鈕扣給
這個皮裡陽秋的夜晚
用來切割它和時代曖昧不清的關係
毫無疑問這是不忠的
毫無疑問，只得假肢歸假肢
上一組分鏡還給再上一組分鏡

2017年2月4日　八灘

銀八灘大道

擠一點點反光出來映照瘦飛機
盤旋錯路隔鐵窗
也許，兩根蔥製造
也許，麻煩理順更多難言
筆油降下自己獨自擁有的血壓
鄰座的陌生人打開音樂播送
高血脂。「砰──」眩目中
水磨石鞋底印製新高樓
街道順從之。金色虛無著
你所有拜物的惡習
大風浪從領口升起
說好的純羊毛的憂鬱呢
說好的鈴鐺重扣黑鍋底朝上
「那麼，胃呢？」

2017年2月4日　八灘

天上砸下來一條豎

湯圓自帶彎鉤天上砸下來一條豎

瘓掉整整一缸壞情緒

放棄這一帶木馬和跳樓機的風向

狂熱處燃動層層疊疊

在想像力問題後面栽1.6畝的珊瑚島

給它最流行的創可貼

夾緊鐮刀收割完之後餘下的殘傷破口

墳地忽然也以斤兩來立法了

天上砸下來的是一條仿宋體豎

不是黑體不是幼圓也不魏碑

天上沒有砸下來橫和撇捺

庫存消耗精光之後，天上只能

砸下來一條豎

2017年2月4日　八灘

煮一鍋莫札特①

氧氣稀薄中送氣流兜圈子

面罩越縮越緊洋妞漂浮抓緊

後面椅帶往灶膛加入成捆鋼琴曲

口鼻處有明顯溢出來的音符隨即

又順每秒一萬六千轉的轉速

匆匆閱讀蓋在死亡後面的褐色蟹腳裡的

死故鄉和命運密碼

顛簸終於開始了水流沸騰

囂張如波濤滾滾

曲子分解成鄭和式船隊

煮一鍋莫札特

是為了在虛無中戰鬥成莫札特

2017年2月11日

① 在HO1121航班從上海飛往昆明的一萬米高空。

垃圾桶、髒角落或一隻精緻痰盂①
——都可以吐

眩暈整片樹叢然後搬遷
去往一萬英尺的無人區
過道縮小成灰色地毯覆蓋空中走廊
劃一條線把種族主義的鍋碗瓢盆
挖隕石坑種下指望它們
能夠合夥發芽長出新宇宙禍害

外行人拿來噴水壺
給它們噴灑顆粒狀的垃圾桶
髒角落偷偷地奸佞成
複合型壞修辭，更惡的隱喻
反倒幸福地扮演了咽部的一團粘痰
內行人開始排隊吐它們

口腔和齲齒修建一條
共用的跑道分歧還是大於飛機的
失聯概率。蜜蜂在月球環形山上
尋找採花的合理藉口之後
調整了我們賴以為生的災難頻度
所有人開始吐它們的時候

---

① 上午10:00在HO1121航班從上海飛往昆明的一萬米高空。

人間的山石草木罹患上日常焦慮症

比例被分配成並不公平的暴力團夥的臆想方案

最終極的一縷難以忍受誕生於人所共憤的一瞬間

強光刺瞎所有弱光

複合型修辭，更惡的隱喻勾搭成奸

你們看它們時，它們已然成為體面的你們

像一隻精緻的大痰盂

2017年2月11日

十四行電影劇本①

大獨裁者被囚禁在一間五平米的水泥密室
完全封閉不見陽光不見天日不見人

一隻十六歲的手在水泥牆上鑽開孔洞
無名指佩戴海洋之星寶石鑽戒

大獨裁者開始和這隻美麗的手進行交流
單向的，無回音地交流逐步淪為日常

大獨裁者開始和手互動先是撫摸
然後是把臉貼過去讓手撫摸

慢慢地大獨裁者開始讓這隻手幫他
解決性慾，把陽器塞進手中

日復一日大獨裁者開始喜歡這間五平米
的水泥密室，終於有一天他死於縱慾過度

這隻手撕開水泥牆，豁口向兩邊捲曲
洞口變大。跳進一隻三足蠍，長牛頭，擁有一雙十六歲少女的手

2017年2月11日

---

① 上午10:30在HO1121航班從上海飛往昆明的一萬米高空。

側身：金屬艦穿過肩胛骨航行^①

藍色塊運用體積優勢從體內

逼出四隻輪子用於整體性位移

躺下來慢慢泛黃

誤點撞鐘一幢玻璃秘製

研討路骨頭磨出尖銳芒刺

退步向縱深徘徊

系列鼓吹獨立於懸掛在

逢暮晚斬殺的歷史角質層

嗚秧死特勒返回廢棄掉的

西元一九四五，經幡是晃動著

製造乾淨的嘔吐物對

反對派進行逐家逐戶地人工罐裝

行為的蓄意栽贓

烽煙露出來一長條白花花肋骨

葉片裡凝聚著倒地不起的

蛋殼所具備的全部脫掉

之後仍然養不肥的情色實驗小組

和加尖椒爆炒七分熟的美利堅

基於四十五任新總統提議

他說只有中國是絕對清真的無賴

加點醬油之後歷史迅速作出

---

① 上午12:00在HO1121航班從上海飛往昆明的一萬米高空。

踩油門倒退的常委會決議
也許，腥氣並不足夠客觀和獨立
也許，樁基和韭菜混合戀愛會更揪心
大河呈東西向站成一堆恥笑的蘆葦
著火，掀開小窗板上下坡自如
地變換著膚色扛住抒情的最後
最後最後一根稻草尖上你們忘了
竟然站著一隻多國部隊的蛐蛐

2017年2月11日

討論稿：兩根蔥^①

撐著兩條螺旋纏繞的腿
空氣中含金量吞吐高背椅
像是陰謀中任人打扮的死者
作刺殺前最重要一次彩排

慌運踢渲正在蘊開
力度大了之後蕩秋千作案行兇
每一截黴變的生辰八字裡
都寫上了仿宋體的任人宰割^②

工業時代的野蕎麥本身就是學渣
毀的大背景，居然還插著兩根蔥
一會兒蔥切開的口子裡流出惡臭鼻涕
一會兒又咕嘟咕嘟冒出性慾亢奮的濃煙

撐著兩條螺旋纏繞的腿
告誡兩根標誌性的蔥泛出葷味兒
據出土的文物資訊分析得出
兩根蔥活躍在西元2017年二月，生卒不詳

2017年2月11日

---

① 上午12:40在HO1121航班從上海飛往昆明的一萬米高空；
② 直到2017年2月22日上午11:46分，才驚悚的發現2月11日寫於一萬米高空的
　〈討論稿：兩根蔥〉竟然預言般地寫到了兩天之後一椿震驚世界的刺殺！
　——「像是陰謀中任人打扮的死者／作刺殺前最重要一次彩排」。

饋贈伊本・優素福[①]

返回一束七彩圓形順和風
而來的光，粒粒真堂皇勢在羽楠大樓[②]裡
鼓動著從高原碧綠的生機盎然
起立的伊本・優素福又帥又正式

六棵木地板蓋住參天大樹
喜歡又一粒越過正月十五的皎月
千里放假，局勢在微妙的
伊本・優素福生日這一天大紅大紫生生不息

方方四四的茶桌圍紫砂沏普洱
微笑之下門開啟的地方
光照也是很強的突然一個成長
饋贈給大前途說：「生日快樂」

2017-2-14　昆明

[①] 伊本・優素福，回族，1992年2月14日生，漢名鄭威，雲南玉溪通海河西鎮小
　　回村人；
[②] 羽楠大樓，位於雲南昆明世博路7號。

外星人研究

每一棵樹都是外星人
它們通過根、種籽、枝條拖插
以繁殖出另一棵樹的方式去旅行
把自己運往別處或
佔領地球

2017年2月22日　昆明世博路7號

小夜曲

打擺送春風在架子床上方
斜著抖動細條紋襯衫

雙層睡眠把一個人分為兩者
夾雜節能燈的冷眼照明

二月的北方下雪也許比思想
要偏點白，比偏頭痛又要正一點

陰影先是變柔變軟緊接著融化掉
隔牆的湖南口音頃刻間純正過來

編劇一部電影《紫色之夢》氣溫
也會順勢上升兩三度，切切，謹記

2017年2月24日　昆明世博路7號

二十五日陰晴錄

山上的魚腥草隔窗長
斜坡上滾落著一地碎春光

說起那些如刺哽喉的騙局
潔白裡下起一場雪

酒喝多了就爛漫裡開紅花
石灰岩被歲月鍍上黑心腸

不停地叫遙遠在電波中晃蕩
不停地叫電波在遙遠中慌張

2017年2月25日　昆明世博路7號

石榴邏輯

一捧石榴中包含著
幾枚躍躍欲試的柳丁
色彩透明，同時也暗喻了
多重人格充滿細節證據的
非正式死亡

不確定光和來源
更多徵集來的假消息
哼著細膩中浸斥絕望的
熱蒸氣。在一椿外太空探測

實驗結束之前談論宇宙射線
把舊牙刷擊穿
精神病鋪陳出的爛情節
叼著女中音越壓越低

恍惚間金屬衣架像艦隊陣列
也就是說一捧石榴
包含著幾枚躍躍欲試的柳丁式野心
也包含著新的艦隊陣列
跟衣架從此沒有了必然的想像力關聯

2017年2月25日昆明世博路7號

退縮於一椿預言

闊葉的詩句撐開之後
毛茸茸本身意味著神秘的不同凡響
有人退縮於一椿預言
而存在本身充滿不可說

金屬輪子淌過天光駐留的午後
細聲慢語重新煮沸一鍋壞情緒
博大中退訂的修養
獲得透明的欺騙

對於一池塘固態的憂傷
蛤蟆跑得太遠了
也不想在修辭中回過頭來
重拾是是非非加持的詩毛和詞梗

2017年2月25日　昆明世博路7號

自我的積重難返

再往上踮腳捏細旋律

沙啞嗆殺的小白喉

在一頓充斥雨季忽然轉寒的空煎熬中

堅持。在橘色的孤獨中

畫大方格和粗布條紋

新樹苗裸露的舊片語

像浮根，堅持

軟綿的情況下突然而至

起伏中你認出被剝離的自身

處於極端情況下再認知一遍

自我的積重難返

冒著道具組的幻煙

2017年2月25日　昆明世博路7號

廣口的外星病

熏出鳥語花香墊付一個前提
艦隊如光於窗櫺外
懸浮。幾何體的人類
臆造語法根基飄搖
唱舍離，唱滿田埂蕎麥般
空心病灶
再而三地細數廣口的仙女座
獵戶座用其實的意義
嫁接於銀河系
艦隊如光於窗櫺外
順軌道徘徊成眾所周知的戲劇性
結局。在丘陵密集的興師動眾之下
袒露廣口的外星病
強加於不切實際
反覆再去壓迫
瀕死的幻想症

2017年2月25日　昆明世博路7號

目錄①和金屬目錄

茱萸②就扒在目錄外面
偷窺好多姐姐
轉而對目錄裡面的諸位主編
大呼：「幹得漂亮！」

東山③的比丘尼兩分鐘後在朋友圈曬
保安古寺④建房子的照片

---

① 《思南文學選刊》2017.1（創刊號）目錄；
② 茱萸，本名朱欽運，籍貫江西贛縣。生於1987年10月。詩人，青年批評家；哲學博士。著有詩集《花神引》《爐端諧律》《儀式的焦唇》，隨筆集《漿果與流轉之詩》，詩學文論集《盛宴及其邀約》，舊體詩詞《千朵集：集李義山句》等。入選《中國新詩百年大典》、《二十一世紀中國新文學大系：2000－2010》等重要選集。有作品被譯為英語、日語、俄語及法語等多種語言；
③ 洞庭東山，又稱東洞庭山，俗稱東山，位於蘇州吳中。東山是延伸於太湖中的一個半島，三面環水，相傳隋莫厘將軍居此，故舊稱莫厘山。據隋書《十道志》記載，隋時東山島與陸地相隔30餘裡。宋代，東洞庭山是湖島。清道光十年（1830），東山與陸地（今臨湖）相隔縮至50米。100多年前，山東北面的連島沙嘴和陸地相接而成半島。洞庭東山是中國十大名茶之一——洞庭碧螺春的原產地；
④ 保安古寺位於蘇州吳中區東山鎮槎灣村，古時東山有九寺十三庵，保安寺就是其中之一。據當地村民介紹，該寺因春秋時伍子胥的母親曾在此居住而得名，古時又稱胥母廟。傳說當年胥母曾避難於此，將中原地區先進的栽桑育蠶、種竹養魚等技術傳授給當地百姓，又幫助當地山農砍竹、伐木，編製成水上的運載工具—槎，槎灣之名亦由此而來。伍子胥在吳國成名後曾在太湖東山的大尖頂迎母，因而東山大尖頂古名胥母峰，東山古時亦稱胥母山。近年來，東山鎮、槎灣村及當地村民共同出資，陸續對保安古寺進行修復。此次恢復後的保安古寺占地約6000平方米，寺前植有唐代千年古圓柏一棵，「保安古寺」四字由原中國佛教協會主席趙樸初題寫。寺內修復了供奉彌勒、韋馱、哼哈二將的山門殿，供奉劉猛將的猛將殿，供奉釋迦牟尼如來

畫面中，工人們正在
給每一間房安裝金屬的目錄

2017年2月25日　昆明

佛、千手觀音的保安寺正殿，供奉胥母娘娘、伍子胥、孫武的胥母殿，供奉
地藏王、呂純陽的土地廟，供奉關公、孫武、神農氏的三聖殿等古建築。

淪落與循環淪落的理論依據

石頭對光的回答或提問
追逐趨向於風
冰冷長夜販賣過期的星光
也許在兩座佛像的間隙裡
提煉出來的虛妄
要比一道銳力繃斷的閃電更真實不虛
渾濁的計算公式自帶浮力
像堂皇的工具論製造者那樣
肝火旺盛脾胃疲弱

細線切割從一點確立重心
不可再易弦更張，透過玻璃的
每一束生僻之詞都泛光
有一些可惡也必然得到液體的淪落
來澆滅。是通篇的關山重重
需要找到飄零的座標還是
另有不可逆的殺機在蓄勢待發
擊打金屬片發出與眾不同的春日顫音
哼哼唧唧翻手雲雨像大風浪中

一片危險的泡沫塊、海盜遵守
海洋的不成文語法錯誤
凡是被巨浪切開過的腹腔

就不要再稱之為陌生的警句

兌換掉一部分糾結用於

堆砌新的淪落，藉以進入

永動機也未必能證實的循環系統

石頭對光加重語氣後的詰問和責難

追逐越趨向於風

越容易析出淪落與循環淪落的理論依據

2017年2月25日　昆明世博路7號

反光軸

歡迎光臨，站在自我左腳的懸崖上
看肺腑倒置過後的世界
擁有反光和擁有反光軸的人
在本質上具備了不同的氣場
球形葉片蘊藏著比動機更動機的
胎氣干擾著壞社會
表格裡發生的火災已經十死四傷
表格已經被燒焦合併儲存格
表格裡向外噴射熱焰
讓這首詩再也無法向前奔行
藉助作者僅有的一枚反光軸
把右腳的懸崖抬高到和左腳
對應的位置
這是出乎反光軸本身意料之事
但絕對在情理之中

2017年2月25日昆明世博路7號

宇宙的歎息[1]

醫用聽筒中伸出白矮星的嫩枝條
怨氣鼓蕩，在邏輯高壓的下方
順藤摸瓜總是好過氾濫的
紙質悲憫。細分到蒙昧未知
細分到歷史的銅綠裡再提煉
也許，耳朵左右懸掛丈量粒子之秤
推敲出新夢幻的指定顏色
想想還是一團亂糟糟的迷惘
鍍上無望之災，小雨翻騰
每一片雪花裡簽訂的條約

---

[1] 宇宙的歎息，典出郭麥子《李忠哲：我殺死了金正男，朝鮮我是回不去了》，該文寫道：我是李忠哲，四十七歲，朝鮮民主主義共和國公民。我到東南亞已經十三年，最近五年生活在馬來西亞。是我殺死了金正男。…事後媒體上分析我們用的什麼毒，帖子鋪天蓋地，很可笑。我明白地告訴你們，我們用的不是釙，不是砒霜，不是毒鼠強，不是河豚毒素，不是蓖麻毒素，不是相思子毒素，不是VX神經毒劑，不是肉毒桿菌素……我們用的是我們自己研發的一種化學合成毒素，我們稱它為「宇宙的歎息」。它的化學成分是最高機密，我也不知道。它類似於河豚毒素，為非蛋白神經毒素，中毒後全身麻木，四肢癱瘓，呼吸麻痹，心律失常。它的毒性比河豚毒素略低，但它有兩大無與倫比的特性。一，在精確計量下，毒性在十分鐘後才明顯發作，而一旦發作，則排山倒海、勢不可擋、迅速斃命，這就給施毒者留出了從容脫身的機會。二，它不僅溶於水，無臭無味，讓人難以防範，更奇妙的是，人在中了此毒後，會出現大量虛汗的現象，而它置人於死地之後，會隨著死者的汗液快速排除揮發，在身體內不留任何痕跡。我知道，那些貌似強大的國家很蔑視我們的科技水準。不錯，我們是個小國，在一些方面還比較落後，但你們別忘了，我們一直有著大國強國的雄心壯志，當我們舉全國之力發展我們的武器的時候，當我們的人民寧可餓著肚子也全力支持先軍強軍政治的時候，我們就能創造出你們意想不到的奇跡。

都朝向一個虛黑異常的枯神經
像激風捲起生活裡大部分的瑣屑
像翻箱倒櫃掘地三尺也未能找到的
殘存的宇宙的歎息

2017年2月26日　昆明世博路7號

配電箱的藍眼睛也冒假光

潛進什麼樣事物的內部
紅衰竭到什麼樣的程度
蹺蹺板才能恢復到平衡

高緯度地區的眼冒金星
隨著氣壓鬼混漆黑一團
這裡沒有誠意角落裡的靜默也是

變戲法的壞人把史記的一個章節
就這樣輕鬆地變沒了
要是重新回到一樓的配電箱
插進一腳的熱帶魚披著黃金
睡袍，藍眼睛綠眉毛
通通都開始學著冒假光了

2017年3月1日昆明

墜一路口琴的福地

悉心研究一樁由於橡皮筋的
彈性引起的小概率事件
灰條紋的床單上攤放整座城市
那些用尖叫編織好的嘈雜
早於丘陵裡瘋長的三月
路口囤積的高鼻頭大叔
旋轉著鴨舌帽就輕鬆
渡過了一整個冬季
渡過了此岸的種種不堪
也許，黑著螢幕來講述
寒冷比捏著喉嚨的午睡
更像一次蓄意加強情節衝突
的小動作。將心比心地講
墜一路口琴的福地
適用於賣出天價的老班章[①]

[①] 老班章是標準的大葉種茶，因產地雲南省西雙版納傣族自治州猛海縣布朗山布朗族鄉老班章村而得名。老班章生態好、樹齡長，有強烈的山野氣韻。老班章村共117戶，海拔1700米至1900米，年平均氣溫18.7℃，年均日照2088小時，年均降雨量1341～1540毫米，霧多是布朗山的特點，平均每年霧日107.5～160.2天。喬木茶地4700畝，年產青毛茶僅50噸，老班章村所在地，原生態植被多樣性文化保存完好，土壤有機質豐富，日照足、雲霧濃、濕度大，特別適合古茶樹的生長，自古以來，老班章村民沿用傳統古法人工養護古茶樹，遵循民風手工採摘鮮葉，土法：日光曬青，時至今日，老班章普洱茶是雲南省境內少有不使用化肥、農藥等無機物，是純天然、無污染、原生態的茶葉產地。

都是算計呀，只是更精密而已

2017年3月1日　昆明世博路7號

白枕芯回憶

濕肚一摺，乒乒乒乒
壞反透肉，緊開搓肉
濕肚一大摺，乒乒又乒乒
壞反一透肉，緊開又搓肉

四捨五入嗷嗷滴液
零下騰挪小小的溫熱

濕肚你摺，濕肚我摺
壞透了反，搓夠了肉
濕肚我摺，濕肚你摺
乒乒乒乒，乒乒乒乒

帶裙煮慌真是小乖乖
丟出又彈回不要再怪力

濕肚一摺，乒乒乒乒
壞反透肉，緊開搓肉
濕肚一大摺，乒乒又乒乒
壞反一透肉，緊開又搓肉

2017年3月1日　昆明

闊面迎腦門

架起來懸掛著發餿銅氣息
並不是竹纖維的准入技巧
逮住外星戴罪之人
他劈啪一陣響過幾條街
樓和樓之間的思辨性空隙
吞吐著氾濫不已的焦慮

攝影師從容著玫瑰紅的色調
光圈和光年之間
陌生人的飽嗝就像五雷轟頂
眨巴兩隻白頭翁的嫩翅
銀灰色反光裡遺留下來性慾亢奮的
衝動信息，滔滔不絕

葉片左右上下劇烈搖擺著白茫茫的光
蹲著切割把三分之一的宇宙皮
當廢輪胎，用力翻轉過來之時
正是闊面迎腦門的全部
大搖大擺鎖緊過的晦澀
終於得以暴力成性地逆襲成功

2017年3月1日　昆明世博路7號

第三撇易經的中毒症狀

悵虎憐憫扣洋江，
凡辱誓裏酒移會。
鬥名送戲栽純勾，
一刀一槍塞連襠。
舊陰五祖造時練，
戴嘴暫別吳莽氣。
星索概馬煮死鉗，
拖著狗繩怪唇香。

2017年3月1日昆明

救星搬的粉紅燉指甲

扯詞抽絲造幾個句衣
像隔壁的辛酸
裁奪禮毛，反而是無以言表

飯冷秋[1]縮回的殘春
抵住風雨灌穿朽木之力
頂不住的翻譯洋腔

在71路公車的翻轉中
領略這一帶要害部門對
生動的再干涉淫威無窮

2017年3月1日　昆明

---

[1] 飯冷秋，男，奢鄉河人氏，生卒不詳。早年逮田鼠餵殘春為生，中年以後逐漸轉型為依靠修理標點符號的微博收入艱難度日。

壺蓋凶

有一種說法是另一種說法的根基
有一種壺是蓋的根基
有一種壺蓋是凶的根基
總而言之
有一種說法是另一種說法的根基

2017年3月1日　昆明

異議的必然學

費心順著圓柱體小茶色空杯
向上攀附的詆譭
忽略近前綠裡印黃白的更粗大
旁邊欲讓你並不知情的
總是顯得粗壯而低回
豎起兩隻塑膠耳朵
輪廓邊緣細緻的深縫裡
向外鼓送夜幕
是的，在異議總而言之的對面
一切又都是必然的

2017年3月1日　昆明

古代人①存在過②的可能性③

幾乎為零。

2017年3月31日④昆明

---

① 古代人幾乎都是外星人；
② 存在過的古代人，因此也必然都是外星人；
③ 他們存在過的可能性和我們存在過的可能性答案相等；
④ 真實的寫作日期為2017年3月1日。

深藍發紫色光

「滴滴──」在遠處只是響了兩聲
整個調子馬上就暗了下來
迅速切換導致的後果是
龍捲風也只剩半截勉強地刮過
所有窗簾都是句子中的障眼法
就像一雙拖鞋橫踏而過的巴拿馬
臺階的兩面性打足雞血
烏泱烏泱。圓桌性解決掉的方桌性
合奏著心不在焉的蒼白
在內心深處，院子翻臉的幾何基數
相當於地平線傾斜倒掉一缸洗澡水
機械硬撐過去的歷史
被一隻滑鼠在東經三十度
完美反超。因此，我們也可以斷言
深藍發紫色光是篤定的

2017年3月1日　昆明

城市用軸心在老化

方塊樓宇蓄相當數量花草過冬

片面的洽談從高架的離心速率去計算

難怪夜色會被犄角獨斷地撐高

人群把建築工地排擠在外面

每一路地鐵都重新找到軸心

圍著它嘔吐出次聲波

雙向四車道通過搭橋手術

植入麻木的塑膠心臟

每當霓虹閃爍，警笛聲就被

當成清真食品端給迫切需要的小部分

這些年來，波特萊爾①的毛囊粉飾著

這些年來，屈原②的髮髻拼湊著

---

① 夏爾・皮埃爾・波特萊爾（Charles Pierre Baudelaire，1821年4月9日－1867年
8月31日），法國十九世紀最著名的現代派詩人，象徵派詩歌先驅，代表作
有《惡之花》。夏爾・波特萊爾是法國象徵派詩歌的先驅，在歐美詩壇具有
重要地位，其作品《惡之花》是十九世紀最具影響力的詩集之一。從1843年
起，波德賴爾開始陸續創作後來收入《惡之花》的詩歌，詩集出版後不久，
因「有礙公共道德及風化」等罪名受到輕罪法庭的判罰。1861年，波特萊爾
申請加入法蘭西學士院，後退出。作品有《惡之花》《巴黎的憂鬱》《美學
珍玩》《可憐的比利時！》等；

② 屈原（西元前340年－西元前278年），戰國時期楚國詩人、政治家。芈姓，
屈氏，名平，字原；又自雲名正則，字靈均。約西元前340年出生於楚國丹
陽，楚武王熊通之子屈瑕的後代。他出身於楚宗室貴族，是「楚辭」的創立
者和代表作者，屈原還是楚國重要的政治家，早年受楚懷王信任，任左徒、
三閭大夫，兼管內政外交大事。吳起之後，在楚國另一個主張變法的就是屈
原。他提倡「美政」，主張對內舉賢任能，修明法度，對外力主聯齊抗秦。
因遭貴族排擠譭謗，被先後流放至漢北和沅湘流域。西元前278年，秦將白
起攻破楚都郢（今湖北江陵），屈原悲憤交加，懷石自沉於汨羅江。統治者

城市用軸心在老化它自己
所謂的詩油污一樣越清洗越頑固
越多也越髒，越髒也越膩

2017年3月1日　昆明

為樹立忠君愛國標籤將端午作為紀念屈原的節日。主要作品有《離騷》《九歌》《九章》《天問》等。他創作的《楚辭》是中國浪漫主義文學的源頭，與《詩經》中的「國風」並稱「風騷」，對後世詩歌產生了深遠影響。

燈頭線法則

接下來怎麼辦？公園裡修飛船
部件變成黑體的格式刷
陌生人領走的藍天白雲鑲嵌著
剛出土的大蒜瓣
你說殺菌的因果關聯
你說順羊腸小徑的抵達
你說的高差反映在多肉植物上
拖著帶病之身的酸角
吐一口妖媚濁氣洩露出
世紀新軌道冒著金屬火花
糊塗之水出沒成玉龍雪山上
最最令人遐想的尖頂
姑且容我這樣定義吧
燒焦的部分以膏藥之身
貼在哪裡哪裡就是解放區了

2017年3月1日　昆明

呈貢①的咳嗽成鱗狀

拓補過的雷電交加

也是鱗狀物的小祖宗

牽引術能夠治療好的避雷針

則呈針尖狀

過山車送來的運氣複印過之後

剩下無數的無知和無畏

提梁壺②須時刻聰明著

等待小地球自轉後留下的

滿天漩渦

但也只是僅供閱讀所需的微量

但重點又重點的卻在於

呈貢的咳嗽成鱗狀

2017年3月1日　昆明

---

① 「呈貢」為彞語，意為「盛產稻穀的海灣壩子」。地名，隸屬於中國雲南省昆明市，為昆明市人民政府駐地。面積461平方公里，區政府駐龍城街道。呈貢區轄10個街道辦事處，65個社區居委會；

② 提梁壺小口球腹，下承三獸足，肩一側有龍首流，肩部兩部連以半月形提梁，略信戰國銅盃式燒制製。明隆慶提染壺器開明渾圓，顯得穩重而古雅。萬曆時提染壺造型講究，柄一側有孔便於穿臻壺蓋，壺嘴彎曲變大，壺身多呈瓜棱形。東周早期的青銅鵑首提梁壺由終身獨身日籍名醫森承一郎傳承人呂默齋持有，日本傳奇古董商阪本五郎代為操作。

刻薄按劑量

水面佈滿物理學範疇的微笑
它們是磷元素的記憶

動輒彈跳出來的新大陸
也不過宇宙的小屑屑

謀殺案中擠爆了導演和編劇
謀殺案中也擠爆了死前的場工

五顏六色的驚恐
又怎麼抵得過刻薄的劑量

2017年3月1日　昆明

「哦，幫擴散小姐你好！」

停一停，停一停，都快要漲破了
粉筆會漲破成一粒小童年
再擴散下去，估計就要波及
到整個濱海縣八巨鄉玉民村了
水洗的衝鋒舟乘藕葉沉浮
那又怎麼樣土牆先生？那又怎麼樣
泥濘先生？光著三十年的裸枝條
終於穿戴上新式遺忘症
在瓦片的想當然之中
在父親不必要卻已然入土為安之中
停一停，停一停，都快要漲破了
我告訴你這位泛著醬色的痛苦先生
年輪總是被繁瑣的日常捏住七寸
弧形是真理中的佼佼者本身
嗯！我確定了，堅定了！現在我也知道你是誰了
「哦！你好，幫擴散小姐！」

2017年3月1日　昆明世博路7號

食覷腆記

如有佳語，大河前橫

　　——司空圖

晴空只是完成了小小的一彎鉤
雨水鍍鋅，從車間裡製造流向
塑膠材質也必須具備光合作用的功能
看上去高樓、商場、街道上的行人
都不一定是肉做的本尊
張三丰①、李尋歡②、丁春秋③一樣晃蕩在
酒吧和夜總會的夾縫中

---

① 張三丰，名君寶（一說「全一」）、號三丰，北宋熙寧三年（西元1070年）四月初九子時生，遼東懿州人（今遼寧阜新，一說遼寧錦州），著名道士，是集道學、武學和文學於一身的傳奇人物。他創建了太極拳，是道教武當派內家拳的祖師爺，極大地豐富和發展了道教學派。張三丰為武當派開山祖師，明英宗賜號「通微顯化真人」；明憲宗特封號為「韜光尚志真仙」；明世宗贈封他為「清虛元妙真君」。張三丰是道家內丹祖師和道家拳術祖師，是丹道修煉的集大成者，主張「福自我求，命自我造」。張三丰所創的武學有王屋山邋遢派、三丰自然派、三丰派、三丰正宗自然派、日新派、蓬萊派、檀塔派、隱仙派、武當丹派、猶龍派等至少十七支。張三丰最近一次露面是在清朝道光年間出現在峨眉山，指導一個叫李涵虛的道士，後來李涵虛道長創立了西派修道理論。清代大儒朱仕豐評價張三丰說，古今練道者無數，而得天地之造化者，張三丰也。

② 李尋歡，古龍武俠小說《多情劍客無情劍》人物。曾是朝廷殿試第三名「探花」，故人稱「小李探花」，而後厭倦功名，棄官歸隱；小李飛刀，例不虛發，百曉生所作《兵器譜》上排名第三。後遭仇家夾擊，重傷不支，被龍嘯雲搭救，與之成為最好的朋友。不幸龍嘯雲不知林詩音與李尋歡已定了親，竟對其相思入骨，病入膏肓，李尋歡滿懷矛盾，故作無情，之後林詩音嫁給龍嘯雲，便一個人蕭然離去。於關外隱居十年，後追查「金絲甲」、「梅花盜」之案，結識好友阿飛，再遇昔日故人，幾翻轉折，雖然水落石出，卻

救援只能等待一束光或者電

廣闊的詩詞曲賦幻滅著

一幫故紙堆裡生蛆的道貌岸然

誠如飛碟帶來的不可知

誠如我寫下的食覬覡記

2017年3月1日　昆明

又捲入江湖爭鬥中。最終擊敗上官金虹，瓦解「金錢幫」，與妻子孫小紅隱
居。其後雖不再登場，名字仍被提及於《邊城浪子》《天涯‧明月‧刀》
《飛刀，又見飛刀》等作品中；
③ 丁春秋，金庸武俠小說《天龍八部》中的人物，邪派人物。山東曲阜人（少
林激戰時自稱）逍遙派叛徒，本是逍遙派弟子，後來背叛師門與師叔李秋
水勾搭在一起。將師父無崖子打下懸崖，跌入山谷，生死不明。之後自立門
戶。成為了星宿派創始人，武功極高，心狠手辣，善於用毒。門下弟子稱之
為「星宿老仙」，門外人不恥其行徑而稱之「星宿老怪」，借神木王鼎練就
一身毒辣武功，其中「化功大法」以毒化人內力，武林中人對此武功最為痛
恨。其星宿派獨門暗器之多，毒藥之猛更是人見人懼。書中口號是「星宿老
仙，法力無邊，一統江湖，壽與天齊」。後被虛竹用生死符制住。

深濃縮

渲染毒氣以度過這份和平
人們用拇指推動空殼車輪
去往深濃縮時空
界線被無情拋棄給四維世界

一連串語病把新發現的
物理空間打扮得更加荒誕
是時候該去大山裡摘點語種了
把它們埋在潔白的想像力裡

等待長出嶄新的存在主義
關於原有的軌道理論和星際猜想
都被用於製造每日發生卻不曾親見的
災難。學會在深濃縮的世界茁壯

學會汲取歷史上曾經發生過的悲劇
作為高蛋白養料
三月二日的昆明實際上只是深濃縮世界的
發射原點

2017年3月2日　昆明

越境後自理

口齒是口齒的不情願放逐
午後，汽車盤腿冥想
第三世界用蛋糕糊牆以此
來攝取國際衛星雲圖不能覆蓋的
一小點甜頭。大部分關鍵段落
已經陷入了嚴重缺水的沙漠化思潮
方形牆洞內正有紅黃藍三色蚯蚓
拱衛彼此的一廂情願
衝擊鑽賣力地工作
它要在太陽落山之前按照圖紙要求
在任意一個成語身上打通一條隧道
這樣做的好處是方便更多意義
經由這個孔洞串通一氣
從而為馬上就要舉行的螞蚱族開國大典上
冊封工作做鋪墊
至於那些按兵不動的憂鬱症家族
目前還沒有更好的統戰政策
必要的回覆只得一再往後拖延了
大風捲走的兩點三刻再過五分鐘
應該會以新時間的方式捲土重來
放心吧，在同一個運行軌道內
行星的衣食住行都不太會影響到
知識份子書房的潮起潮落

老式火車發出肺腑般鳴響
是沒有道理的，因為在某次擴大會議上
所有代表已經舉手表決，並一致通過了
這句尚且沒有安排好主謂賓的話
──「越境後自理」

2017年3月2日　昆明

淪陷區舌頭帶鹽

膀胱作為首當其衝的淪陷區
與外星出土的飛行器遺骸一道
被稱之為膀胱
音樂一旦打開就會有妖蛾子飛出
看上去這是一條偽真理
然而在浪蕩的褻笑中慢慢地
就滑坡成為一個人盡皆知的熟典
推搡之間小甲蟲也長大了
戴著海盜的兇殘本性禦寒
久而久之環山一帶的午後
逐步地往陰影裡騰挪
反正淪陷區裡有舌頭帶鹽

2017年3月2日　昆明

纏繞花草的衛衣

勢力往上蒸騰重心隨之失去
紫色掉個個以後
整個無神區的鳥鳴都迫不得已地
調低了分貝。向左邊緩慢升起的山道
經受著一支無良軍隊的反覆掃蕩
坐下來切磋勝負已經是堂皇的藉口了
紗布蒙住的羞怯終於捂出囂音
外星生物的性器官真的很有想像力
它們熟練地捲曲在各自人生道路上
光年禁錮著欲望的宣洩
僅僅用地球上無人問津的花草
來做抽樣調查
就已經能夠準確地演算出
它們的孕期和出軌期
所以，在不成文的道德契約中
花草從此以後也必須得自覺地穿上衛衣了

2017年3月2日昆明

蚩尤霍霍

一盆洗歷史之澡水急速打上引號

倒旋轉向後猛退

路過踮腳的小丑和翻滾的

蛆蟲屬人格向後猛退

啊陽光多麼地善於表演雙重人格

黑線以曲速引擎的邏輯

貫穿整個地球島

尚未得以證實的永恆性窒息

繼而通過無影無蹤釋放出它的荷爾蒙

一連串小分子破裂事故

向劊子手跪地請安

血絲呈蛛網結構鼓盪如風

一陣冷兵器的劇烈廝殺

把這一帶的黏土溫暖得猶如文明的假惺惺

又一陣突如其來的冷兵器的劇烈廝殺

把這一帶的黏土再次溫暖得

猶如假文明對假文明的惺惺相惜

2017年3月3日昆明

旅行者的蟲洞癌

從萌芽的鴻溝處就開始了這齣
真做的假戲。大多數的人類情感
重新調集到震撼國邊界
比鄰星周圍的宇宙雲經過再三修改
越來越像是合歡樹皮的組織結構
毫無疑問，這是罹患了人類病的徵兆
管道式象形設計在更加
浩渺的地外文明看來
顯得過分的不嚴肅。掛在嘴邊的
公轉軌道被某些行星險惡地私有化了
有一些假死狀態下的存在物
被大爆炸驚醒之後
就開始了它們荒誕而不自知的進化之旅
顯然這是整個宇宙現狀態下
比較普遍的旅行者的蟲洞癌

2017年3月3日　昆明

轉動菱形虛無

七點鐘醒來之後，我就在

轉動菱形虛無

直徑粗壯在支架上緩慢地睜眼

火龍果花三月份放在它自己的腹腔裡開

四月份放在它自己的子宮裡開

五月份就放到了別人的陰道口開了

很多人類一無所知的是

就事論事：每一個陰道口都是有門牌號的

我講七點鐘的話

是在講幾座山頭的壞話

我講八點鐘的話

是在講幾棵多肉植物的情話

我講九點鐘的話

是在講我自己所在肉身的廢話

七點鐘醒來之後，我就在

轉動菱形虛無，直到現在

2017年3月3日　昆明

大混亂小插入

「嘭——」的聲音自行癒合於
早晨六點鐘的指針盡頭
昏暗披上太陽皮之後就不昏暗了

食指腹部的感覺細胞
傳回的粗糙信號在粗糙表面
得到了嚴絲合縫的驗證

合金飛行器隱私部位驟然暴突的青筋
猙獰著窮盡人們想像力的恐懼
這是前所未有的大混亂！篤定是

針對極端氛圍下的慌張
現文明發酵出來的盲侍者瞎服務方略
無巧不成書地完成了一次劫後小插入

2017年3月3日昆明

回過頭來的研究

把所有物理方程式施用在
對一滴外來水的檸擠上面
照片中清理出來的巷道通行著
你能想到的全部的窮凶極惡
嗅覺細胞堆積如山地擁成一團
它們繃著臉
像是馬上就要廢除所有玩笑似的
人間還是一天比一天更人間起來
攻訐還是一天比一天更激烈起來
醜陋還是一天比一天更醜陋起來
美好還是一天比一天更美好起來
所有科學合理的統籌方法
最終都被統籌成新的無意義
從而得以頑固地存活於我們的生命之中

2017年3月3日　昆明

悲傷的旋風和羅圈腿

悲和傷的互相不一致
導致了羅圈腿的旋風式得逞
語速和舌速疊加態情形下
陽光也不過只在午後三點偏差了兩公分
這要是放在星際的算盤上
估計兩噸重的象牙也會癡笑成灰
安眠藥中的翻斗車
現場連線了白雲尖上的野麻雀
順著什麼樣的線索去思辨
都能得出一樣的時間鋒刃
殘酷的靈長類爾虞我詐
在夕陽光斑裡劃圓圈作乳暈
試著液晶的純忐忑
匆匆忙忙踩滑輪過關斬將
悲和傷的互相不一致，最終
導致了羅圈腿的旋風式得逞

2017年3月3日　昆明

低級趣味

三二

按照返航路線翻轉

金黃餵養暗中飛行的黑邊框
它們刺探著，在血管中鑿出新航道
然而，上一屆的瘙癢襲擊了這裡
一切重新變得無意義

醜房子迅速挪到月光下
兩種沒落合併為一種斬釘截鐵的沉淪
扶著欄杆，引力波撫育的胎兒
摸索著給挨家挨戶的男人裝鬍鬚

細枝末節繼續按照返航路線翻轉著
在一樁新鄰居選舉運動中
一個池塘被確診了，彷彿確診的是
一群扭著腰肢魚貫而來的他們的列祖列宗

2017-6-18董浜

文刀劉

1+1=7它們隨之
又抬來根號2
疾風驟雨吹落枷鎖裡
俗套的罪名
喪其胡亂放逐一邊勘
黑點時期從年份污漬演變而來
保外就醫束手交給
海一樣的癌山倒懸
站在等於號的另一邊
喑啞。頹不傷著新的微笑者
他的嶄新發奪目寒光
換過來退守到7月13日一邊
恰恰正好劈頭撞進
根號裡面無2，是死神

2017-7-13常熟

糾臉跨格子逢十四

再捂滴滴寬兩面慌
隨赤灰兔逃，勾圓角，絆影不直
切米烏禿禿順席扁轉
守太長而生芽，巨格當當
裁水或鱸芳。就曬一頓
繞粥泛出來幾朵靠磚絕
你絮彩色雙
我絮黑苗桑
畝促逮不停葉片兌毫米擴著
細邊沿缺乘大白黃
再捂滴，滴寬
滴習沖弧度反剝香

2017-7-14常熟

常識性懵逼

天邊朝霞翻滾於鳴蟬脊背的寬闊

一陣又一陣

把陌生的聲音燒紅

就可以去砸呈量子態糾纏的兩隻自行車輪

它們一起快速轉動

把紅桃2咳嗽成方塊5

在三十八度筆油下倒楣的

除了噤若寒蟬，也有無法無天

就在

一個字向另一個字拚死一躍

之際

他也猛然推開窗子往外跳

當後一隻腳越過水泥窗臺

你才發覺劇烈的硫化氫

正在垂死拓展屁的類型

2017-7-15常熟

自縊還是他縊

兩艘船遠渡重洋互相撓癢
曾經的磁性泡沫日鞘攪動

漩渦中一艘船猛然醒悟
對於無情世界漏斗中積蓄一點舊能量

兩艘船磕磕絆絆忽而神經病一樣
若無其事地混在國道邊的夾竹桃裡

漫不經心地
開花

西元1644年兩艘船各懷鬼胎
導致時間錯亂猝不及防躥到西元2017年7月18日

兩艘船遠渡重洋，滴蟲性病變
唆使它們發生命運俱裂

2017-7-15常熟

黑巧克力

上一頁轉過來七個村莊的星際軌道
於是凹槽們努力奮鬥著往外凸

可是提手旁怎麼辦
可是寶蓋頭怎麼辦
還有，還有單人旁呢……

所以說「把它們分成四艘」
散養在七個村莊裡就是血腥暴政

兩根蛇在它們自己的宇宙中活得好好的
到了這裡，你們強行要把「根」
變成「條」是什麼意思

2017-7-15常熟

瞠目結舌地遺憾著

結論中的拉環、把手、豁口、毛刺
妨礙著又薄又龐然的觀念變革
風在梢頭搖動
紅磚在河堤吸水
兩條稀裡嘩啦蘸時空吐未知
中規中矩的塑膠提出來湊腿
一個人反覆勾兌小於他自己的另一個人
從而日曆要被暴力摧毀
此時此刻談論光的強弱
等於令人憤懣的喧囂
被悍然煮沸
冒著氣泡的漩渦裡翻飛著碳酸鈣
就在一瞬間，靜止的風扇
又毫無來由地轉動著葉片
沒有人知道為什麼，也不要問為什麼

2017-7-15常熟

悖論養活的新時空

兩具或更多蟲屍塞進輕描淡寫
落葉擊中的盆骨也從此
走上了懷孕的高速路，突然
閃電成為閃了一下電，突然
颱風在舊報紙上被蠹蟲蛀空
但凡六六不等於三十二的世界
都會慌神顫顫
也就是說死亡的款式
不怎麼方便供你挑選

氣球嘟嘟囔囔……
簡直無法相信鐵叉彈跳著飛入
平凡人間，而且比它本身要輕得多
這是悖論養活的新時空
光芒靜悄悄掩蓋的墓地上空
波濤正洶湧
手指頭延展開來
猶如錯動不停的語法敗局

是禿頂之後的悲傷
卷過鋪蓋，溜不掉的悲傷
釘住並真銹蝕全村浮起皰疹
駐紮進命運，輕輕刺穿玻璃之看

鹹得把淚水的倫理
裡裡外外清洗骸骨看著是
信仰的神聖作息
四隻空輪子滑過失魂落魄

偏執的墨蹟性絕望
吐出腐朽的星座核
利刃鈍重喘露了一下縫隙
彌彌大網可以兜住空喉管氣爆
也許沾滿汗漬
也許丈二和尚摸不著金剛經
灰白蜘蛛用長腿撫慰的漩渦
加速漏光

2017-7-16常熟

超時空玩具現象

輕輕一打開，星雲的物質性
構想便暴露無遺
在這離你們母星相隔十九個立方
的時空裡
鑄造一枚水果
它所消耗掉的高能量
令決策者又有機會
貪污了三個立方的財富
你能想像到的葉子邊緣可以長刺
他們已經早一步做得更絕
甚至取下任何一枚智齒
都可以在高速離心運動中提取到
草莓或者獼猴桃
這是基因方程式鮮為人知的秘密
所有在黑暗中
捏著食指和中指不放的傢伙
都不是好惹的
也許白色開關一旦按下
菱形吊頂便會自動運轉
不需任何指令
在已經不算遙遠的巨浪星隔壁
就會有一塊同樣的菱形吊頂
輕易地把你複製出來

什麼生死，什麼絕望
什麼悲傷和不捨都是多麼幼稚
總而言之，還有更大的秘密
在你吃掉任何一枚水果之後
就已經啟動了它們的程式
整理箱打開之後
一隻三歲的小手從裡面取出一枚太陽
幾場颱風，還有忽明忽暗的星星
僅僅是玩具而已

——在這裡卻搞得人要死要活

2017-7-16

未必

迂迴前半秒弓著齒輪
在水滴下方套好陷阱繩
只剩一張軟床
逗米和蝦發動居委會的火災代償
淒涼的1432年水銀冰冷
如民國末日
屋簷站滿軍容凌亂的外星來客
去，去把半截陽壽贖回給
沿街乞討的朱元璋
這樣一來肥臀豐乳的唐宋就立即
黯然失色
當然，當然，凡事必有一縫一補
帝國最後的一口氣交給誰來喘
一方面取決於原子振盪遊戲的上家
另一方面又局限於光速統治下
幽靈的活動範圍
狹長、濡濕，方塊臉有鐵球屬的鏽跡和哀戚
兩米乘以三米八的畫布上
濃縮著幾艘飛船和它們的家室
樹梢頭上頂著大西洋
那又是一頓春風哄騙的訪民下場
所有故事的真正結局
都要逆著邏輯上溯三公分

古人講：那也未必

2017-7-16常熟

蛋疼

已經過去的十八到二十光年裡
屠戮顯得無足輕重
隨隨便便發明的天體物理學概念
就可以收拾得乾乾淨淨
整理好吃相的大白鯊
用太陽的光照一照它就光合作用
感恩戴德
五點鐘紋在一起的巨型氣流
徹底鬧翻之後
各自把底線亮在一望無垠的田野上
經過若干年發育漸漸長成了村莊
鏡頭推進：煙囪、屋簷、窗臺……
一幅躺在砧板上任人宰割的壯闊畫面
時間往後跌去的大全景中
兩團黑影吊在巨人襠下
想想也是蛋疼

2017-7-17董浜

事態變得嚴重

斜放梯子比白水煮的痛苦更無敵

刺探所有翻飛之爐

終究拉回到薛定諤的層級

雙方捕捉堂皇

雙方都提綱挈領

甩動鞭子抽打布做的傷口

第九片葉子除以2

所得非所願紡錘站天乾物燥

搭三寸金蓮小腳順風車

把封建的小樹林糟蹋

每一座墳塋都是倒旋轉漩渦

當站在頂端的那個人繼續上升

窩藏在字典中幾千年的部分文字

遭到清洗、割喉是必然的

2017-7-17董浜

低級趣味

發亮滾燙滾刺肉篤篤遠滾
黃條橫經翻天踏球根
曬酸一黑，那碗大的喊喊喊
載渾圓松松淤湊心
麻雀虧欠鐵嘴兩邊硬
鐘玻璃看看弧形壓縮方程
九敵換那樓袋眼
三年前孔塞凡是踞搞者
拖羊狠狠破皮貼地滾
反雞滾熟滾拔屁摸摸閃電滾

2017-7-17董浜

再扇

從一加一等於七扇起

扇一下等於六

扇一下等於五

扇一下等於四

扇一下等於三

扇一下等於二

扇一下等於一

扇一下等於○

再從○扇起

扇一下等於二

扇一下等於一

扇一下等於○

上一個○還是個卵

下一個○則連卵都不是

2017-7-17董浜

帚停星往事

關門把好好一顆帚停星夾扁了
從這開始小泥丸拼命繁衍進化
彼此征戰、屠殺、掠奪
到了帚停星紀元的二百九十三年冬
小泥丸被一堆莫名其妙的人據為己有無惡不作
門開了。大海被煮沸以後澆在小泥丸上
小泥丸吱吱運轉滾燙
直到帚停星紀元的八千一百零四年秋
小泥丸才重新被又一堆人據為己有
這一次從帚停星的角度來看
僅僅三十二年，小泥丸就被
拿雞毛當令箭地發展了幾千年
剛剛從帚停星的心臟牧拖傳來振奮人心的消息
祂們找到了那扇門和那個關門人
要把被夾扁的星球
再夾一次，重新復原
在這期間由於磁場變化導致的
小泥丸事件，即將永久結束

2017-7-17董浜

輪到驚得張開大嘴的倒楣了

拽醜嗅嗅全是野鳥胡亂叫

空氣稀薄，但邊緣被搖動的樹葉

磨礪出鋒利的芒刺

於是向前滾動。誰他媽知道

每往前滾動一小步都是更大的一小步

古人不識時務地叫囂：「那是下坡」

七百四十八年之後，玄之又玄的孫子

在抬頭瞬間猛然瞥見

滾動著的巨大不明物體

可以清晰看到皺紋和老年斑

芒刺巍峨像一根屌珊瑚含片

一群人顧不上收攏陰道撒腿就跑

2017-7-17董浜

球形閃電

無辜的人又在閃電的碳基酸裡罹難
這是一個舉屑維艱的時代
四個輪子滾成兩個半輪子
雷聲響到一半隻剩半截哮喘
車子僅僅翻了零點五毫克
時間的彎曲度就增加十二點三倍
飛出來的幾隻蛾子
漸漸暴露出鯨魚才有的巨齒
盯住白色看穿酒紅色
一個破洞裡蕩漾兩棵攜帶更多破洞
的苦楝樹
短暫的偷渡之旅
發酵著腐敗的鏗鏘
嘖嘖嘖，無辜的鏗鏘
請問問你的生物鐘
和阻止我握筆的這一記響雷
之間隔了多少句不可理喻
昏沉睡過的屋頂
翻動瓦片，每一筆蛛絲馬跡
牽絆著更細微的神經
另一頭安裝著無奈的鼻翼
掀動著把低密度的星際物質
往一口1949年的雞形棺槨裡

盡力轉移

這是一個舉屑維艱的時代

更多球形閃電已經在來的路上了

2017-7-17董浜

不考慮2的感受

1+1=7

6很窩火

心想為什麼不是我？

好事都讓姓7的小子占光了

2017-7-17董浜

舉孫一課入廢歺歺

全自動賽諸豂扯生絲扯
細水流激變誕生盲旋轉

藍更深了。暴舔一摞舉僵粗
花斑跳躍欠走粗

挺無住住皺起部分虛實
三道光來自一鋤頭劣太陽

逢胡貪那又怎樣
舉孫一課入廢歺歺

栽不堂堂，欣貨蒼蒼
溜淋把，一壺軸腔此門秧秧

2017-7-17董浜

娶竹絲跌宕狠纏繞

方尾促促地恨淋禿鄉，於是
鰈賞抽起筋來，風把藍吹到鐵
刺六順水平儀式巨晃
換手按高出酸牆灰退
娶竹絲跌宕，娶竹絲狠纏繞
娶竹絲跌宕狠纏繞

方尾促促地恨淋禿鄉，於是
娶竹絲跌宕狠纏繞
娶竹絲，跌宕狠纏繞
娶竹絲。跌宕。狠纏繞。

2017-7-28董浜

切切碎滿暹

揪大切切睡，揪大切切
碎滿暹。暗黃煮色條充饑扶門框
暗黃煮棱角當屋角
九十度夾緊下垂，揪大切切睡
揪大切切碎滿暹

普遍他也不紐葫蘆換嗖嗖弓
高溫煮字，退一步講
天太熱了，蛤蟆煮自己下酒呢
揪大切切睡，揪大切切
碎滿暹。唱雞打伏筆滴溜溜滴

讀讀淤一鍋掃，讀讀硬撇捺
五顏六色振動著往翻
五顏六色混合雙膠往翻
你泛積積苦糾神，慌了鬼大劈一斧
揪大切切睡，揪大切切碎滿暹

勺兮！梵兮！揪大切切睡
數剮一二廟掰敵
勺兮！梵兮！揪大切切睡
卒范矮逼賽冷絕
勺兮！梵兮！揪大切切碎滿暹

2017-7-28董浜

兩組屋旋頂

一頓裁裁徒具妻牲敏于事
戴大幅度什麼潛須臾抽
骸失撐祖，課返混腔
抖喵歸蓄心領半
羌和沖氣俠趕裂寸膽
勢透明等於白勢
圓弧沿反光迴旋在餘僵一側
框住猛算唬嗟乎
再走喊不到一杵喂
盟省嗑水泛隔壁欠三響
塗凶過久香，摳曬挪綠發淺
只能拿灰色過渡，俗講
兩組屋旋頂

兩組屋旋頂，悲夫！

2017-7-28董浜

滾翻裡謀續，抖寸橫張

參鞋掛斗漏逢漿，哐當不住
牽嫩黃周旋碧綠
捍請石棺風三次彈金掀起街
溫暖顯豁著翅膀築殘障
攞開彳亍。童朽。紋細溝深
趺趺撞撞馱著爛星空
黑線鎖姓怎換吱嘎璀
錄鏽帶鳴苟地裡莽江
「砰──」連續閃
滾翻裡謀續，抖寸橫張
滾翻裡謀續，抖寸闊橫張

2017-7-28董浜

六隻蛤蟆等距離失控

狙擊著回頭一硬不變可承
也粗粗踮幾條琳瑯
柱子不暢快起來休怪弧形凹槽

棉花邊修著猝不及防暗去的
邊膩兮兮熟讀壞經
膨脹著失去光澤也要堅持潰不成軍

六隻蛤蟆等距離失控
鋁質葉片黴變，稱之為無法言說
一陣可有可無的風忽然就改變了權力的結構

在控訴書裡有人大聲疾呼
為什麼是六隻，為什麼要等距離
螺旋槳稍稍用力就把海溝打成圓形

激烈辯論之下，沒有重要的堤壩
也不可能真有什麼像樣的狙擊來妨礙
等距離失控。蛤蟆無意義，幾隻更無意義

2017-7-29董浜

塗炭

一小畎白雲大快朵頤頂點順

邏輯癌的翻山越嶺

所以說朝不露鐵釺魂

所以說培雨跌張機

錄播的大海秧子欠滾輪球

筆直頹喪賣六支閃電

密林臥倒一林槍

寬指別算大街纏繞這一帶

反光倒過來把白牆弄髒

也應該是倉促間的生死換了下襪子

也應該是嚴肅捲曲的類地球生物塗了一會兒炭

2017-8-22董浜

外星人移民

你們地球上男女本來是沒有生殖能力的
自古就沒有
外星更高等級的星球
發現地球，作為他們的替代品
若干年來
他們通過高科技手段向地球移民
他們把目的地建立在女人的子宮裡

男女交合中子宮打開，移民成功
為什麼要移民子宮？
從一個星球到另一個星球的物理環境不同
每一個成功的移民都須在女人子宮裡
適應地球十個月
分娩之日即是外星移民經過適應期
終於可以在地球上生存的日子

2017-8-23　董浜

大雁塔

刺巍巍的，我圍著你坐成一圈

2017-9-3　西安

一切因光愈發明晰

記住一株微弱，當長變寬不好相等之時
過雨面積由大變小途中
陡然翻轉，音樂質的細軸
黯自滑動
房屋呈樓梯踏步狀向上躍升
趁著濺起並迅捷飛散的
簾子，贖買整排波形日常
用於靜默中啞去的透明
9月24日大片南京
兜頭罩下的頃刻渺茫中
發白的道路不說話，只是
認領我向著更白並消融的地方
發出命運再一次的震顫
就著窗口的細亮
書寫完5:32分，一切因光愈發明晰

2017-9-24　南京

小晨光

石頭城路淺淺的六點鐘
醞釀著。清涼門大街的六點零五分
等待著。紗窗細密的紋路緊扣著——
不可再生的淒涼

溫熱之水澆灌新發茬
在剃光的髮條裡
重又接續起石頭城路淺淺的六點鐘
兩頂圓弧穿戴上遠處高樓

頭頂之上是永久的沉默
一直存在從未被施救的巨大隱衷
重播一次瓦片上彈起的冬棗
一粒貫穿另一粒

整理好衣領走進石頭城路
淺淺的六點鐘抵押進遞增的晨光
直到重新抬手整理被風吹翻過的衣領
清涼門大街上大巴駛過車水馬龍

2017-9-24　南京

巨網的結點

水泥糊裱著城市，大量
重新。斗大換來肌理更緊湊
順胡球擦你牽屋頂上浮中
袒露逆風勝醒來一籌
密密麻麻擠滿，裡外推
方形幽暗加深了

俱足撬邊沿針斷腳
許是呼嚕裡提拎吊桶
人聲真是浮誇，站好之後
車隊形而上學反而綱舉目張
忽而褪殘紅貼雨衣
糾結輪子堅守著街面刺探

漁夫撒網的聲音自高空往下傳遞
蹭著大雁聚集成群顯耀出古都六朝
迅且捷之擴胸擴散繼開來
每一隻雁都是巨網的一個結點
解不開，像是傳說找不到頭

2017-9-24　南京

古都秋涼

人們背著大蝸牛而來
孤獨求量

熟人騎舊帝王避讓
暴雨催促

七點鐘為七點零一分親自上發條
滴滴答答

2017-9-24　南京

從何談起

林朗星疏蒙頭鑄造應得的反光

習得退而求其次

框架撐開臨摹一次雨傘

其中一棵滑橡木叩問不絕

狂泄啊並不簡約的空曠

夾竹桃變臉不成功

垂向窗口三兩支杏花

迎頭撞擊閉塞

鑲嵌黑邊框的白

令人心生疑竇

從何談起？

順水漂浮直下的分秒必爭

從何談起？

林朗星疏的大塊頭猶豫

套索上掙扎著一盞命若游絲的燈

反向思考之後

光芒猝然大盛

2017-9-24南京

進而陡然

桌面向上拱起，鑽出岩石的尖頂
盤旋著抬升
燈光照出蛇的影子
把猝不及防的山峰死死捆箍
紅燒鱸魚的大碗公被頂翻
原味湯汁濺得到處都是腥味
桌面向上拱起，鑽出岩石的尖頂
它把大閘蟹的盤子也拱翻了
說是大閘蟹其實不如說是豆腐乾
說是豆腐乾其實不如說是燉排骨
說是燉排骨其實不如說是油燜蝦
說是……其實不如說是……
桌面向上拱起，鑽出岩石的尖頂
進而陡然相認
那憑空出現的岩石的尖頂
有人說是秦始皇
而我認為這完全不可能

2017-9-24 南京

餿主意

除去那一筆斜捺下去的黑情緒

光有粗點加上短促之橫

那就不要考慮前後上下文的邏輯誤差

那就是說惡狠狠的那一撇

也被取消蕩然無存

著墨重、筆力勁健都是秋雨的餿主意

背光時，它們就混為一談

逮住它們又卻是道貌岸然

我在說什麼呀，石頭蝸牛馱著陷阱奔行

我在說什麼呀，大風刮起來紋絲不動

那一筆斜捺下去的黑情緒

邊緣露出鋸齒

而在考古學中它們被確診為皰疹

除去那一筆斜捺下去的黑情緒

就真的什麼也沒有了

2017-9-24　南京

在體外醒來

俯視巨型屋頂

空調外機矩陣黑風葉慢旋轉

稍高的玻璃順著斜坡漫漶

大樓更高處遠山黑乎乎

滿耳轟鳴的嘈雜

揀選不出一根具體清晰的聲音條

卵形吊床上正在卸載更深邃的時代一起晃蕩

細節起來的視力

可抵達六個不規則碎巷道

也許更多

我在自己的體外醒來

2017-10-17　南京

巨型山峰開動自己

金屬城市藍色速食瓦屋頂
整片整片綠色庇護
幾何體在移動
幾何體在灰濛濛的暗影裡發出強光
幾何體變換閃爍著面孔
塔吊之下無完卵
所有孤零零集中在一塊
……
巨型山峰開動自己
把遠方削平
搖動力臂：你伸伸舌頭
它伸伸手
幾何體在移動
幾何體在灰濛濛的暗影裡發出強光

2017-10-17　南京

塔西佗陷阱裡的早晨

大幕掀動，洶湧，吐出假舌
屋頂變換中陌生人用塑膠手試探
街道深淺。一棵樹因憤怒而狂奔
在到達另一棵樹的位置之前
身體首先經歷量子衰微反應
方程式中預留的可能性
邁著整齊步伐推翻作為時間的七點二十

三原色強加給組合的暗影橫生
尖叫回到喉嚨，咕咚一聲日落西山
開動馬達的手脫離軌道
向著陷阱急速墜毀
兩片不一樣的海洋從此站起來走向樹冠
堅定地居住在那裡
直到進化論把它們變為加拉帕戈斯鰹鳥

麵包裝訂成冊，翻開到任意一頁
都是宋體的饑餓感在滾動發育
它們滾動不了兩頁就會聚合在一起
形成暴政的洪流
如果有勇氣再往後翻一頁
就會看到整齊的金針菇在沸騰起伏
每一根金針菇在歷史上都被賜予具體的姓氏和名

塔西佗陷阱裡的早晨
高樓沉默，道路喧囂
石頭城居民在火鍋店前排隊整齊
金針菇吃著金針菇談論金針菇
巨型瓷器精美地落地
因為網路原因而延時碎裂
這一次，薛定諤的貓搖身一變
成了作為統治者的七點二十

2017-11-28　南京

你和喜劇隔兩排

淺冬衝刺，滑向灰樓梯

空蕩蕩呈疊加態且情緒飽滿

在選擇題的選項中串供

在選擇題的選項中彼此走散

在選擇題的選項中孤獨、疲憊、累

磚塊凌亂堆積

紅杠扛著黑杠撤退

它們罹患輕微的逃跑症

矩形之腳從此淪為梯形的不甘

一樁電話窩案中

樂高玩具膿化、變種

進而生成兩根羽毛的對吐

趕在恒河沙粒成為佛頂舍利之前

我輕輕說出

你和喜劇隔兩排

2017-11-29南京石頭城路

在情緒蔚藍之前

空調戴上瓜皮帽打招呼
別以為窗戶是透明的
不黑暗是黑暗的
兩棵燈光通過自我生長
向頑強的宇宙報告
向一頓虛無的宴席請辭
圓柱形橫杆
撐破的不僅是歷史
還有養魚的燈罩

喝醉了想你是正常的
是沿軸線運動的粒子的必然

2017-11-29南京

不以為然迎頭猛碧綠

路面灰白往前滾動鋪陳
拐過兩道彎的小知更鳥
從臨近的冬日枝丫裡汲取勇氣
以便於紅色地道的發黑
加塞在絨羽中更大的茫然
挺身一躍，落向水泥樁基
是的，風緩慢、細碎、孤絕
震耳欲聾中樓層遞增
活火山吐出死舌頭
圓弧滑動出新軌道
天亮之前一定把愧疚烹飪得
像模像樣

2017-12-1　南京

四下五拉一

「三下五去二」
「六上一去五進一」
「一上一」
「二上二」
「四下五拉一」
體面中白裡透紅
長風衣裹小棉襖
「七上二去五進一」
「八退二進一」
「九去一進一」
兩條魚邏輯性合體
必然使所有瞎魚猝不及防
必然彷徨
燈火依舊在四分五裂
拖拽出水一下
燈火依舊在不上不下

2017-12-2　南京

一條線清晰

黑只佔據十五分之一
過渡的強光呈圓弧高懸
往下伸展之際
半截的拖把脫水仰躺
是時候計算總面積
趁機爬格子九十十一
半截的拖把脫水仰躺
黑只佔據十五分之一
往下伸展之際
你們合在一起計入總面積
趁機爬格子九十十一
過渡的強光呈圓弧高懸

2017-12-2　南京

紙張邊緣強光分強弱

方櫥子站著暗影排一排
鋁合金嗜睡著發藍呼吸
在稜角的初冬
想必也會深冬一下
想必過路得先拆橋

伸手抽出來一張牌
翻轉騰挪
幾個騙子一飲而盡
把人間梳理進大口袋
歸大家共同擁有

時間腦溢血
保留了時間的本錢
不再擁有知覺和自理能力
呼吸心跳都正常
只是，紙張邊緣強光分強弱

2017-12-2　南京

同樣的紫它要紫好幾遍

同樣的紫它要紫好幾遍
九點二十，枝條躥出鐘錶蓋
九點二十，準時。必須準
九點二十，隔條街望玻璃窗
一點就著。冷空氣裡也居住習慣性

2017-12-2　南京

我比你們的地球還圓

打釘巷邊緣汽車拱起腰身
別在左邊的路障瞇眼看
別在右邊的直角三角形跺腳、陡轉
潔白把人坑害不淺
像兩個異族的互不相讓
當然也互不相干

盯著一塊麵包看
用輸精管吹氣，歡騰夠了
麵條掛滿夾道樹
風景中著涼的幾撥三角梅
率先放棄了剛結識的陌生人
在單行道，我比你們的地球還圓

七家灣在穆斯林的祈禱聲中又冒出兩道彎
一副是行囊用真皮繡在高臺
啞著的羊絨禮帽暗暗繃緊弧度
當兩根蔥不如當一塊活牛肉
計時收費的真理超時了就要報警

2017-12-2

我們都要整理好自己的半透明

崖柏和鴨脖猜拳行令
通篇都是電流聲在抬槓
那又怎麼能記錯帳
而且還不在一根筋的刻度內
垃圾袋整理好自己的半透明
嗯嗯，非但如此
我們都要整理好自己的半透明
像戰爭中按時服用子彈的人
醒來。崖柏側踹了一腳鴨脖子
它們結伴的真實目的
就是要把客觀性再坐實一點
它們狼狽而笑
它們依此類推

2018-2-2南京

大笑三聲乾咳兩下

哈……
哈……
哈……
咳……
咳……

2017-12-3南京

哲學蛇

端起酒杯照鏡子
韭菜繼續長得像侵略者
刀刃繼續亮得像祖國
不管把背景換成什麼年代
鏡子都冤枉得堪比鏡子本身
侵略者聯合組建的臨時政府
短暫盤踞在餃皮上
一杯烈汁「咕唧」下肚
牙齒亂舞比刀刃更賊
哲學蛇從尾巴開始
已經吞食了五分之四的自己

2017-12-4南京

單獨的螺旋槳

單獨的螺旋槳在半空失控

死命地暈頭轉向

給自己反光照明

給自己打氣鼓勁

給自己找不到北找依據

單獨的螺旋槳在半空攪亂

自己的導航線路

惡狠狠地

給自己找不到北找依據

給自己找不到北找依據

2017-12-4　南京

盤根錯節的開始與反開始

門邊框正對夢都大街
遺忘重力、金邊和油漆匠往事
在八歲對六歲的反芻中
星雲膨脹到巨大
被逼著自己也義無反顧地變得無窮無盡
鎏金替換，風水輪轉
燈芯裡爬出萬千根鬚
活脫脫從三度跌回零度

2017-12-5　南京

細節性的海洋是漏洞

一頓往返穿針引線
在需要隧道時，順手結一粒後果
刷白勇氣大於你
午夜忘卻疊加態的情慾
過渡性瞬間坍塌

過渡性瞬間坍塌之後
前一粒必然大於後一粒
在汗珠的夾層裡
藏匿細節，賒欠反光
我們都失敗於一場眾所周知的勝利

2017-12-5　南京

推敲

暗流旋轉著躍上半空

速度加快，從縫隙裡伸出好消息

推敲我。將一個噩夢

五花大綁

興許是冷的神經線路

勾連著雪景後的枝蔓橫生

書桌安置到屋頂

就請用屋頂邏輯

坡道修進河底

就請用河底邏輯

定淮門大橋板著臉

與我不發生瓜葛

2018-1-13　南京

補夢丸和美夢丸

那個姓於的無夢人
又一次突然闖進來搭訕
我打個哈欠說困了
他說那你睡會兒做個夢吧
話鋒陡轉，嘮叨他從來不會做夢
神情黯淡失魂落魄
我安慰他吃點藥就好了
他問什麼藥
我說：「補夢丸」
他將信將疑地嘀咕
說萬一吃了「補夢丸」做噩夢咋辦
他強調說他想做美夢
我告訴他，這個要分兩個療程
第一個療程吃「補夢丸」
先把夢補出來，看看做的是噩夢還是美夢
如果是噩夢的話，再進入第二個療程
吃「美夢丸」
他打斷說如果補夢丸吃了後直接做美夢怎麼辦
我看了看他那個懵樣，沒說話
寫了個紙條揉成團給他轉身走了
一分鐘後，他在身後悲憤地嘆道
「你他媽才是傻逼！」

2018-5-10石頭城路99號

所有睡都是睡

一噸酒煥發新清洗
門在開合
白出了好樣子的白
迎風抖落無辜噪音
五月已經過去一些了
五月還有一些
大橋岔開的道路
在命運裡狹路相逢
我說，二十二點
我說，晚安

2018-5-16南京定淮門大橋

53+11的第二十九年

倒蘋果，白，也很勉強

光下唯一嘈雜中唯一

大橋上減速帶捲曲著爬起來

秦淮河勻稱地流著渾濁的命運

輕輕鐵針鏽頭鏽腦

刺破的被冷不丁記錄在案

老年斑坐在一小塊黑暗中

相隔不到百米，燒紅的履帶

從深處打著飽嗝

像雷聲那樣滾過砧板

倒蘋果，白，也很勉強

黑暗中唯一，罪惡中唯一

2018-6-4南京定淮門大橋

用手槍殺死龍的若干種方法^①

兔子乘坐的金羚羊熄火
每一個自由的靈魂都是大表哥

2018-6-4南京

---

① 為藝術家張玥的同名作品而寫。

三寸照片爬向黑白

兩艘母艦長男兒身
一個站在臺階上，一個經過葉片彈舊曆史
吹落一炮口是非
除去充血的螺栓
鐵也是鏽的生死親家

地面重新搓著他們
慣用的腳掌
四根線條象徵性地站在一起
把他圍在恐懼的上游
灰指甲爬上腦門組織暴動

兩艘母艦長男兒身
筆垂直降在框外
像書寫離婚協議那樣
把年月日的樣子
搞得不倫不類

2018-6-5南京定淮門大橋

現在輪到鑰匙了

現什麼在呢？現什麼在
桌子莫比烏斯帶①狀翻滾
門框盡最大努力
從一個極端走向另一個開始
房東就藏在鋸齒的凹槽裡
吞噬時間。再問一遍吧
也許好處就是現什麼在呢

端坐片刻
試試骨骼的自動性能
逼不得已在牆上鑽三個孔
於是，整個世界瞬間就多了三個孔

2018-6-6南京定淮門大橋

---

① 莫比烏斯帶，西元1858年，德國數學家莫比烏斯（Mobius，1790～1868）和
　約翰・李斯丁發現：把一根紙條扭轉180°後，兩頭再粘接起來做成的紙帶
　圈，具有魔術般的性質。普通紙帶具有兩個面（即雙側曲面），一個正面，
　一個反面，兩個面可以塗成不同的顏色；而這樣的紙帶只有一個面（即單側
　曲面），一隻小蟲可以爬遍整個曲面而不必跨過它的邊緣。這種紙帶被稱為
　「莫比烏斯帶」（也就是說，它的曲面只有一個）。

定淮門大橋

所有的一撒腿都是沒有欄杆的
鐵汽車燒油，看你往哪跑
秦淮河裡躺著一條佚名的長江
供消遣。供揮霍
樓宇滾動起來如沸水

陽光的伸縮性能幫襯著雙向的羞愧
黑蜘蛛爬過了橋面
白蜘蛛，紅蜘蛛患著口吃病一路相隨
屁滾尿流的夜色首先死死抱住橋墩
這座城才開始點亮這座橋

兩片樹葉醉時空那樣翻轉起來
我才知道
我和橋──兩粒手足癬的皮屑
從未像現在這樣
挨得如此之近。如此之久

2018-6-6南京定淮門大橋

鬼聯邦

扯布做窗簾遮光

滅燈修橋，瞎子偷渡

鬼和人是平等的

蚊香對蒼蠅的歧視

是轟炸機的假慈悲

淡色庫蚊、白紋伊蚊、中華按蚊

三帶喙庫蚊和騷擾阿蚊

一起把家族的祖墳

遷往秦淮河對岸

紫薇樹早起過度

在水泥砌的堤道上慢跑

被石頭城路流竄的騙子

用一根幾公里長的舌頭絆了一下

就跌進了另一棵樹的體內

鬼聯邦的榮辱觀

使得懸鈴木也不敢小瞧自己體內

睡著的另一棵山核桃

雖然眾所周知他喜歡睜一眼閉一眼

2018-6-24南京定淮門大橋

蚊香邏輯

重新下載了一隻紅馬廖①的小心思
安裝在屋頂。幾乎同時
癩蛤蟆也在重裝自己的天鵝肉
能夠用蚊香邏輯跟我兜圈子的
都是灰燼。也只有灰燼

2018-6-25南京

---

① 紅馬廖即朱雀。

依著一的性子二三四五六

酸性的生活必然要被調成鹼性的
精緻的突突前行的小歷史小坦克
小旗幟順藤摸瓜，哈哈一聲小復活
依著一的性子重新來過。「好的，蛤蟆先生。」
指腹蘸雨依著一的聲線栽種
發紅暈膨脹在方程式裡坐地歸一
於是，蛤蟆在低估清單裡生芽
第二天醒來的只剩被反覆確認的呱呱
呱呱？倒回去，用後視鏡擴音
「呱呱，呱呱呱呱，呱，呱呱呱……」
慢慢鼓起來，依著一的胎氣，它是青蛙過橋
它是一則留言中的嬌喘吁吁服用牛黃
繼之是小宇宙滲水後的急劇變形
調色盤扔出去砸痛了圓弧的半滾動
若不是年事已高，若白色裡繁衍黑磁鍼
若不是光在走，若嘴角大於我的38歲
那就一口鯨吞，肉汁濺出來桔黃
安裝工人木然地忙碌鄰家的茫然
跌跌撞撞依著一的彈性構築關鍵防線
艦隊來敲門，「是的，蛤蟆先生。」
水流凝固起來用體積把我們墊高
艦隊來敲門，脖子已經伸出來的部分
纏繞迴旋把自己送到足夠遙遠的前線

可想而知，這一頓肉體的改革開放
染上了專制的肥胖症進而擊中鼓心
這一次依著一的實況轉播，不可能
讓二中場休息成三。往來書信預言了
四五六將陸續登基
儀式中，小於一，依一，是體面的共識
整個艦隊在敲門的間隙小於一，依一
夢境中琴瑟合鳴，天花板晃蕩
臉頰上人馬座的部分頂著光環
河谷兩岸槍口流出白液體
所有一都依一，憑藉多聲部的彈跳力
向前輸送天生的這一夢
加速度的星期六，簡潔，有力，直抵一的核心
雨停了，停在更大的雨群中
雨停了，換副嗓子用來猝不及防
艦隊來敲門，一躺著把自己脫光
黑暗中，你們看成二，這只不過是
巧克力色的雙人床錯覺。艦隊來敲門
純色光線在轉換中滑倒
一幀速寫飛起來銜接這一段空
時差。兩截門檻坐在眼神中
只要有人張嘴，那口紅就註定要在
畢業典禮上領取一副新唇

信號降臨在綠蘿的青莖上

微微調整一下坐姿

秦淮河就到達了它想要的高潮

　　　　　　　　　2018-7-1凌晨葡萄牙兵敗烏拉圭之際

塑膠國

分泌物是光。它們晃蕩
兩棵不可能的植物託付期望
在塑膠國的服務區
每棵樹加滿絕望。它們晃蕩
它們是必備的柴薪
那對朝民眾揮手的塑膠人夫婦
主宰著全部的不靠譜
開著偏三輪走向不歸路
在塑膠國
只要分泌物是光
就還有希望

2018-7-21南京

臺灣

紅打火機上面躺著幾個沒穿衣服的字：
喜都三溫暖

2018-7-21南京

實名舉報

對自己的實名舉報

歪瓜上面結了裂棗

羊頭上面掛了狗肉

面對爬山虎的性侵運動

我在風中把自己推倒

猶如推牆

一首詩咀嚼我

跟海盜救火沒什麼兩樣

原本想對自己匿名

但是，想到窗外的鳴蟬

天上的月亮

誰他媽的又知道它們的真實姓名

2018-7-22南京

小劑量時差

小劑量時差隨風翻轉
不一定就不是眼球滾動
猝不及防總是慌裡慌張
拐幾道彎多見幾個熟人
局促著舊心思碰不到新地鐵
時光彈跳著蹦起來
落盡窨井的縫隙
潮濕不堪如我
心跳欲裂如我
毛孔裡栽奇跡當植物養亦如我

2019-1-1南京

前提和結局

黑剪刀白刃，剪枯蔥葉
操起黑剪刀剪枯蔥葉
把前提放進來一起討論
那麼，蔥葉必須枯
把結局放進來一起討論
那麼，黑剪刀還是黑剪刀
白刃還是白刃，只是蔥綠了
我躺在沙發上，枯蔥葉離家出走

2019-1-2南京

每每解釋很久，鬱悶至極

半夜起床，我騎著一根直線

斷句像是喘了半天的氣，結構性地忑忐、冒濃煙

也會有國旗扯葫蘆掛瓢似的亂浮動

一條碩大的逗號，領著一群句號

荒腔走板遠走高飛，在提前值機選座的鄰居身側

熟睡的傻瓜，被一陣邊境線上沸騰的槍聲掩蓋

凌亂，蠻荒，有專家在類人的遠古客廳

打聽我的下落，被我撞個滿懷

一根直線，滑稽中有了幾分風韻

一根直線，呻吟中流下口水和體液

一根直線，哭泣中重新擁有弧度

舊螺絲也在凌晨2點起床

重新瓜分著有限的幾個攜呼嚕出逃者

無一例外，都被證明了，他們一有動靜

我的倒數第六支艦隊

就會人來瘋，像個好端端的馬杜羅

在事後振振有詞又奄奄一息

2019-2-25凌晨5:50南京

封面新聞冒油花走廢氣

只有我直郵我，質優
冷啤酒也燙傷女噴友
封面新聞穿反光鞋，鏗鏘著
不要以為帶一盞燈就合法有了光
納稅拿水，抽頭提成，憤怒過境
二級微風背著三級微風
瘸瘸拐拐，終於敲響了2111的門

2019-2-25凌晨6:04南京

論「我要被整死了」

抽筋抽錯了，對不起
扒皮扒錯了，對不起
你憑什麼掙扎得那麼不徹底呢？

但是，為了你的安全
你還是需要仔細閱讀暴君的臭脾氣
遵守已經繫好的變本加厲
和月度禁令
聽從小宇宙爆發起來
駭人聽聞的強詞奪理

當你閱讀後，請把火冒冒
氣吼吼、兇巴巴放回原處
以供明天的我繼續領受你
字斟酌句的凌遲

2019-2-25，11:37，上天了

大型歷史事故的小型玻璃鋼材質翻模現場

你說我無敵艦隊部署的日子提前了
可能是想說我騙你
不想返還本該你的諾曼第

我的母星像被釜底抽薪一樣涼了
最近又危及累卵又城門失火
這些巨大的星際事故無人認領
我的艦隊就跟炮膛抹了油似的都衝出來了
我知道座標已經被轟炸成廢墟了
所以並沒有指望你能生還
人生太苦了，所幸你已完成它
就像完成使命

開火前，我還在試圖招降
我可憐你。你不自量力我生氣
因為可憐你。但我不覺得你也有資格可憐我
特別是諾曼地登陸這件事
看上去你很強悍，讓我覺得很難堪
每每念及，鬱悶至極

我其實不需要你假惺惺
我早就過了虛浮的年紀了。
我只想你真的歸順於我

真的臣服於我
服軟無毒無害無副作用
也不是口號，更不是形式

所以你不顧及我荷槍實彈的怒火
讓我現在連自己都害怕
又到這個點了，你安息吧
轟炸就轟炸了吧
生還就不要生還了吧
畢竟，在我的淫威之下
你也活不出什麼好樣子了
你想投胎就去投胎吧
不想投胎，那就作廢了吧

2019-2-25，14:31，上天了

親愛的馬杜羅，我是瓜一多

你不止一次認真地提醒過我
我是祖國的敵人、我將被關進監獄
今天又增加了一項，「虛擬的總統好當？」
我都會記得的
你所說的熱愛人民，我沒看出來
你雞零狗碎的做了很多勾當
我倒是看出來了。而且每一次都會記得。
我不想扯了。因為你，我徹夜不睡
為了照顧你，我睡不好
然後就收到你一句，「你的任期也要到2025嗎？」
你每次讓我心涼我都會記得。
我看看你總共會讓我攢多少次
你也認真地說過你老了，真的老了。
你也認真地說過我年輕，真的年輕。
其實你是老了，還壞得像一個臭蛋
脾氣還古怪。但以前我沒有說過你一次。
你說的謊言我學不來
我也沒那麼惡毒
親愛的馬杜羅，你可以胡言亂語再裝糊塗，
把這稱為對祖國的打情罵俏，逗你的人民玩兒
所有我不喜歡的你都可以去嘗試一遍
跟著你，我恐怕就是要變得又老又醜
還跟傻逼一樣笑著擁護你

呵呵，現在不是十年前，我也用不著將就
拿十年前的查韋斯騙自己。
就這樣吧，別說了
我不想再繼續了
馬杜羅，其實你挺狠的
但你的軟刀子也經傷了你的根

2019-2-26，14:31，落地了

不知道怎樣從技術上獲取道聽塗說

邊境線忽而彎曲忽而凌亂瞎翻滾
你邁開一條舌尖試試？
左舌尖跨過去，右舌尖就折了？
更口臭的情況是
你擁有了一副羅圈舌
講起話來左右舌尖碰在一起
兩條舌頭的膝蓋部位卻不能相碰
因此，你就抑鬱就被刺激就怒火中燒
因此，你就捲舌而逃不吱一聲？

2019-2-28

遛影重重

兩把椅子，翹起桌腿扯犢子
它們哪裡知道木頭的本性

就算圓桌願意把自己憋屈成方桌
在內心，已然彼此認栽

世界發酵黴菌，世界也發酵希望
黑狗用繩子拴住主人

以為這樣就不會滑進時間的淵藪
主人呢？正在一撕為二，各自憎恨

讀到這裡，你還沒攢夠發笑的本錢
但你，已經有了發火的原料

2019-2-28

壞燈泡裡住滿了往昔

新燈泡販賣明晃晃臭脾氣
牆皮蠟黃，追光，就逮你尾巴
是的，我病了。這一頓風雲燜燉
蘿蔔裡躥出兩枝越境的紅杏
煮舌頭，像煮小範圍的蠻不講理
落落寡歡得太不像樣子了
有人在一旁撐傘
佈置著認真下雨的心境
有人扒拉扒拉扒拉
遲早要扒拉著回到往昔深處
像壞燈泡，被扔掉，無從惦念

2019-2-28

嫌棄

你愁眉。他苦臉。一個個罩上引眥
別忘了春光裡有源頭也有活水
聲音乾巴巴，忐忑中犯桃花
但一些地方並不切中要害

好大喜功的早晨，電鋸飛轉
不死鳥忙碌著沐火重生
讓部分走神，聚集一處
不僅無效，而且還造成資源浪費

每天販賣陰雨，雇傭走卒
導致債臺高築、風險埋雷
因此，你們會談崩
特別是他們也學會了談崩

要在河堤上重新栽一棵樹
要對流水進行重新認知
要收割一批新韭菜當柴薪
要幫助野草再再再再再野一點

2019-3-1

峰迴路轉

帶著雄心去添堵
騎著死馬去復活
找個水瓢擋槍子
拿起丟掉再拿起……

這些肉隙之間好像還能生火
總結出來的不歸路還得再歸納
那麼，這些頭疼和我的頭疼之間
又有著怎樣的峰迴路轉？

2019-3-1

當時我就看到了

預計未來就是傍晚
預計自南向北怒轉喜
預計戰火愈發明顯
其中銀河以南星系戰火中到大
其它星系戰火零星
次日止戰止血轉陰
傍晚和後半夜之間有望見到陽光

民眾心情3月1日0時迎來
今年以來的第四次調整
出現「四連漲」
夢境、現實、雞零狗碎
價格每噸分別提高270元和260元
稍後將公佈最高零售、批發價格
你們有生之年將有望結束不知死活的歷史

2019-3-1

密不透風猶如漫長的會議現場

何況破會還在虛頭巴腦地開著沒完沒了
早晨的牛奶燙著了嘴
兩顆雞蛋在煮好之前就先炸了
這讓人如何是好

把手機放耳邊，佯裝在聽電話
一邊聽一邊旁若無人遠走高飛
我喝著涼透的剩奶
嚥下支離破碎的蛋白和蛋黃

午夜的爵士樂，傍晚在重放
高速公路血脂過高粘稠不堪昏昏欲睡寸步難行
虛頭巴腦的會議上增加了新村民
這不速之客，讓人如何是好

密不透風猶如漫長的會議現場
彌補透風右乳漫長的回憶現場
密不透風猶如漫長的會議現場
覓步偷縫又擼漫長的悔意現場

2019-3-2

來不及掙扎

專注於一堆虛無，堆砌起來
像模像樣，有預謀有步驟地消耗時光
黑狗打噴嚏供桌上的燭火會跳動
於是，夢境出現了機械性故障
金屬螺帽在玻璃上滾遠了
但，發出的聲響還在
污漬我是不介意的，這個節骨眼上
一個詩人怎麼能責怪漏油的命運呢

到了傍晚六點十一分
燈光會幫我抵消白日的漫長
到了深夜十二點
我自然就會拖泥帶水地睡去
瓜子殼泛著光，撕開的包裝袋也泛著光
它們驕傲地看著
自卑感就像突襲的滔天巨浪
瞬間就淹沒了全部的我

2019-3-2

三月二日

邁開大步，然後停在原地
小公園三月流狗追逐
野樹絮堆，你掛上枝頭不眨眼
粗地磚拱著脊背，啊！一棵香樟
嚕…嚕…躥高到山頂
於是，草間那些利刃的影子就收縮了一些
再也不敢過分矯情
所有跋扈也歸攏著收藏起來
小公園到了晚間九點
終於，不太坐得住了
我記得手心的微汗曾經救贖過我
也淹死過別人

白熾燈下陌生人開始清點多出來的自己

2019-3-2

延綿體現在一線

煙霧中也有蛋白質可供提取
細密而忐忑，白色弧線
自行彎曲再彈回來變成直線

遠遠看上去，虎著臉調製霧氣
未嘗不是一劑懵逼的良藥
失眠久了，大於失眠的人生

變得彳亍難嚥，睫毛歸攏起來
畫外音已然影響不了畫面本身
六點五十六分，誰比誰都睡得更香

2019-3-8

語言文學類　PG2339　秀詩人66

語言膏

作　　者 / 丁　成
責任編輯 / 鄭伊庭
圖文排版 / 林宛榆
封面設計 / 翟翠平

發 行 人 / 宋政坤
法律顧問 / 毛國樑　律師
出版發行 / 秀威資訊科技股份有限公司
　　　　　114台北市內湖區瑞光路76巷65號1樓
　　　　　電話：+886-2-2796-3638　傳真：+886-2-2796-1377
　　　　　http://www.showwe.com.tw
劃撥帳號 / 19563868　戶名：秀威資訊科技股份有限公司
　　　　　讀者服務信箱：service@showwe.com.tw
展售門市 / 國家書店（松江門市）
　　　　　104台北市中山區松江路209號1樓
　　　　　電話：+886-2-2518-0207　傳真：+886-2-2518-0778
網路訂購 / 秀威網路書店：https://store.showwe.tw
　　　　　國家網路書店：https://www.govbooks.com.tw

2019年10月　BOD一版
定價：420元
版權所有　翻印必究
本書如有缺頁、破損或裝訂錯誤，請寄回更換

國家圖書館出版品預行編目

語言膏 / 丁成著. -- 一版. -- 臺北市 : 秀威資訊
科技, 2019.10
　　　面 ;　公分. -- (Show詩人) (語言文學類)
BOD版
ISBN 978-986-326-737-9(平裝)

851.487　　　　　　　　　　　108014539

讀者回函卡

感謝您購買本書，為提升服務品質，請填妥以下資料，將讀者回函卡直接寄回或傳真本公司，收到您的寶貴意見後，我們會收藏記錄及檢討，謝謝！如您需要了解本公司最新出版書目、購書優惠或企劃活動，歡迎您上網查詢或下載相關資料：http:// www.showwe.com.tw

您購買的書名：_____

出生日期：_____年_____月_____日

學歷：□高中(含)以下　　□大專　　□研究所(含)以上

職業：□製造業　□金融業　□資訊業　□軍警　□傳播業　□自由業
　　　□服務業　□公務員　□教職　　□學生　□家管　　□其它_____

購書地點：□網路書店　□實體書店　□書展　□郵購　□贈閱　□其他

您從何得知本書的消息？

　□網路書店　□實體書店　□網路搜尋　□電子報　□書訊　□雜誌
　□傳播媒體　□親友推薦　□網站推薦　□部落格　□其他_____

您對本書的評價：（請填代號　1.非常滿意　2.滿意　3.尚可　4.再改進）

　封面設計____　版面編排____　內容____　文／譯筆____　價格____

讀完書後您覺得：

　□很有收穫　□有收穫　□收穫不多　□沒收穫

對我們的建議：_____

_____

_____

_____

11466
台北市內湖區瑞光路 76 巷 65 號 1 樓

秀威資訊科技股份有限公司　　　收

BOD 數位出版事業部

....

（請沿線對折寄回，謝謝！）

姓　　名：＿＿＿＿＿＿＿＿　年齡：＿＿＿＿　性別：□女　□男

郵遞區號：□□□□□

地　　址：＿＿＿＿＿＿＿＿＿＿＿＿＿＿＿＿＿＿＿

聯絡電話：(日) ＿＿＿＿＿＿＿＿＿　(夜) ＿＿＿＿＿＿＿＿＿

E-mail：＿＿＿＿＿＿＿＿＿＿＿＿＿＿＿＿＿＿＿